〈소설〉
BUNTA TSUSHIMI

〈캐릭터 원안·일러스트〉
ARINA TANEMURA

〈원작〉
BANDAI NAMCO Online

INTRODUCTION

Iori Izumi

■ P R O F I L E ■

나이 : 17세
신장 : 174㎝
생일 : 1월 25일
좋아하는 것 : 쿨하고 샤프한 것
싫어하는 것 : 작은 것, 귀여운 것

1

미츠키의 동생으로 쿨한 성격. 연상한테는 예의바르지만 독설가이기도 하다.

나나세 리쿠

Riku Nanase

■ P R O F I L E ■

나이 : 18세
신장 : 173㎝
생일 : 7월 9일
좋아하는 것 : 영웅물
싫어하는 것 : 병원 냄새

7

어리바리한 면도 있지만, 솔직한 노력파. 부탁을 받으면 거절하지 못하는 선한 성품의 소유자.

Sogo Osaka

■ P R O F I L E ■

나이 : 20세
신장 : 175㎝
생일 : 5월 28일
좋아하는 것 : 정리정돈
싫어하는 것 : 약한 자신

5

성실하고, 착한 호청년. 책임감이 강하고, 머리도 좋아서 뭐든 뛰어나게 잘 해낸다.

Tamaki Yotsuba

■ P R O F I L E ■

나이 : 17세
신장 : 183㎝
생일 : 4월 1일
좋아하는 것 : 임금님 푸딩
싫어하는 것 : 자잘한 것

4

천재형 여유만만 캐릭터. 약속이나 시간을 잘 지키지 않는 마이웨이적 개인주의자.

'아이돌리쉬 세븐'

IDOLiSH SEVEN 7

Mitsuki Izumi

■ P R O F I L E ■

3

나이 : 21세
신장 : 165㎝
생일 : 3월 3일
좋아하는 것 : 전설의 아이돌 '제로'
싫어하는 것 : 큰 것

이오리의 형. 활기차고, 밝고, 귀여운 외모와 달리 사나이답고 남 돌보기를 좋아한다.

타카나시 프로덕션 관계자

타카나시 츠무기 : 사장인 타카나시 오토하루의 외동딸이자 IDOLiSH7의 매니저.

오오가미 반리 : 프로덕션을 받쳐주는 유능한 직원. 모두의 형 같은 존재.

타카나시 오토하루 : IDOLiSH7의 소속사인 타카나시 프로덕션의 사장이자 츠무기의 아버지.

IDOLiSH7의 라이벌 그룹 TRIGGER

야오토메 가쿠
Gaku Yaotome

쿠죠 텐
Tenn Kujo

츠나시 류노스케
Ryunosuke Tsunashi

니카이도 야마토

Yamato Nikaido

■ P R O F I L E ■

7

나이 : 22세
신장 : 177㎝
생일 : 2월 14일
좋아하는 것 : 편한 것
싫어하는 것 : 귀찮은 것

초연한 성격을 가장하고 있지만, 내면은 뜨겁고 누구보다 멤버 사랑이 깊다.

Nagi Rokuya

■ P R O F I L E ■

6

나이 : 19세
신장 : 180㎝
생일 : 6월 20일
좋아하는 것 : 여자
싫어하는 것 : 심야 애니메이션을 방해하는 속보

북유럽계의 혼혈. 달콤한 말로 금방 여자들을 유혹한다. 타고난 카리스마가 있다.

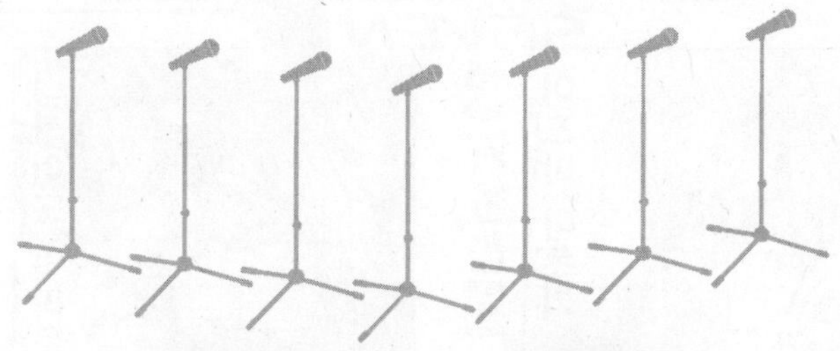

contents

유성에 빌다

구름 한 점 없는 가을 밤하늘 아래, 면학의 장이어야 할 명문대 안은 마치 시장통처럼 북적였다.

일년에 한 번 있는 학교 축제다. 많은 방문객으로 붐비는 대학교의 중앙에는 본격적으로 세팅된 무대가 있었다. 이곳에서 학교 축제의 메인 이벤트인, 초청 가수 공연이 있을 예정이다. 관중석은 대부분 젊은 여성들로 채워져 있었고, 하나같이 똑같은 전단지를 들고 미소짓고 있었다.

〈IDOLiSH7 슈퍼 라이브〉라고 적힌 남자 아이돌 그룹 전단지였다.

“IDOLiSH7의 무대, 기대된다! 설마 우리 학교에 올 줄은 생각도 못했어!”

“팬들도 온 것 같지? 아까 얘기 나눈 사람은 무려 오사카에서 왔대!”

“대박! 잘 몰랐는데, 그렇게 열성적인 팬이 있을 정도면 괜찮은 그룹인가 봐.”

개막 시간이 다가올수록 객석의 기대는 점점 더 부풀어 갔다. 라이징 아이돌 그룹, IDOLiSH7은 대체 어떤 그룹일까 하는 기대감이었다.

초청 가수 IDOLiSH7에 대한 안내는 전단지가 전부가 아니었다. 대학 곳곳에, 그리고 학교와 가까운 지하철역에서 학교로 오는 길 곳곳에 포스터가 붙어있었다. 주최측의 열의와 관객의 기대를 엿볼 수 있는 부분이었다.

포스터 속에서 환하게 웃고 있는 일곱 명의 멤버들.

그런데 개막 직전 무대 옆에서 대기하고 있는 아이돌 멤버는 다섯이었다.

"어떡하지. 시간이 다 돼가는데……."

IDOLiSH7의 리더, 니카이도 야마토의 얼굴은 파랗게 질려있었다. 무대 의상을 입은 상태에서 손목 시계와 객석을 번갈아 보고 있다.

"매니저, 연락은 됐어?"

평소 온화한 성품의 오사카 소고마저 불안한 기색을 숨기지 못하고 있었다. 매니저라 불린 젊은 여성, 타카나시 츠무기 역시 초조함을 숨기지 못한 채 고개를 저었다.

"연결이 안 돼요. 계속 걸고 있긴 한데……."

"어딜 간 거야, 그 두 사람!"

IDOLiSH7에서 가장 키가 작은 이즈미 미츠키가 머리를 쥐어싸매며 소리쳤다.

IDOLiSH7은 7인조 남자 아이돌 그룹이다.

그런데 그 중 두 명이 공연 직전에 홀연히 사라져 버렸다. 포스터 정중앙에서 환하게 웃고 있는 두 사람—.

센터인 나나세 리쿠와 막내인 이즈미 이오리가 이 자리에 없었다.

객석에 앉아있는 여성에게 몰래 윙크를 날리며, IDOLiSH7에서 미모를 담당하고 있는 로쿠야 나기가 서투른 일본어로 말했다.

"돈 워리. 리쿠, 이오리는 분명 와요."

"그럴까아?"

느릿한 어조로 부정한 사람은 요츠바 타마키였다. 박력있는 댄스 퍼포먼스로 정평이 나있는 그는 다부진 몸을 벽에 기대며 말을 이었다.

"릿 군이랑 이오링, 아침부터 싸웠잖아. 뭔가 문제 생긴 거 아닐까."

불길한 예감이 치밀어 오면서, 일동 모두 입을 다물었다.

연결되지 않는 핸드폰을 손에 꼭 쥔 츠무기 매니저의 미간에

주름이 패였다. 그리고 저도 모르게 포스터 속 두 사람을 바라보며 중얼거렸다.

"……무슨 일이 있는 건 아니죠? 리쿠 씨……. 이오리 씨……."

포스터 속에서 환하게 웃고 있는 두 사람에게서 대답은 돌아오지 않았다.

사건의 발단은 몇 주 전으로 거슬러 올라간다.

츠무기는 축제 관련 미팅을 위해 대학교로 향하고 있었다. 평소라면 매니저인 츠무기 혼자 갔을 테지만, 우연히 스케줄이 빈 나나세 리쿠와 이즈미 이오리와 동행하게 됐다.

IDOLiSH7은 츠무기의 아버지가 경영하는 연예기획사, 타카나시 프로덕션의 첫 아이돌 그룹이다. 결성 당시부터 츠무기는 그들의 매니저였다.

지금은 IDOLiSH7에게도 팬덤이 생기고 인지도 역시 쌓아가고 있지만, 처음에는 당연히 무명 아이돌이었다. 아홉 명의 관객을 앞에 두고 공연을 한 적도 있고, 어렵게 마련한 무대 의상이 폭삭 젖도록 태풍 속에서 노래한 적도 있다. 연예계 생태에 어두워, 다른 소속사와 트러블이 생기는 바람에 사과하러 간 적도 한두 번 있는 게 아니었다.

하지만 모두의 노력이 결실을 맺어, 이제 그들은 실력을 인정받기 시작했다.

각각의 개성이 모여 빛나는 아이돌 그룹 IDOLiSH7.

그중에서도 리쿠와 이오리는 그룹의 중추라고 츠무기는 생각했다.

"대학교는 처음이라 긴장된다."

그렇게 말하며 소박하게 미소 짓는 리쿠는 압도적인 가창력의 소유자다. 당사자는 야심이나 자기주장과는 거리가 먼 조용한 성격인데, 그가 노래하는 걸 들은 모든 멤버가 만장일치로 리쿠를 센터로 인정했다. 그의 스타성을 확인했기 때문이다.

두리번거리며 대학교를 둘러보는 리쿠에게, 연하인 이오리가 주의를 줬다.

"나나세 씨, 당신은 열여덟 살에, 사회인이지 않아요? 그에 맞는 차분함을 보여줬으면 합니다만."

냉정한 이오리의 말에 욱한 리쿠가 미간을 찌푸렸다.

"뭐야. 복도를 뛰어다닌 것도 아니고 큰소리로 떠든 것도 아니잖아. 이보다 어떻게 더 차분해?"

"참으로 훌륭한 매너군요. 제가 초등학교 교사라면 알림장에 '참 잘했어요' 도장을 찍어줬을 거예요."

"에헤헤. 그치?"

"칭찬한 게 아니라 비꼰 겁니다."

이오리는 팀에서 막내였지만, 분석력과 기획력이 탁월하여 IDOLiSH7의 매니지먼트를 돕고 있었다. 이건 이오리와 츠무기만의 비밀이다. 막내인 이오리가 팀의 방침에 관여하고 있다는 걸 알면 다른 멤버들이 싫어할 수도 있다는 이유에서였다.

대학교 축제 무대에 오르는 게 어떻겠냐고 권한 것도 이오리였다.

츠무기는 일전에 이오리와 나눈 대화를 떠올렸다.

"……양로원에 당일 온천 패키지? 매니저, 저희가 트로트 가수입니까? 왜 그런 행사를 끼워넣은 거죠?"

"호, 홈페이지에 출연 가수 모집 공고가 있기에, 영업하기 쉽겠다 싶어서……."

"당신의 업무 용이성은 상관없어요. 우리를 원하는 소비층에 우리의 가치를 어필하는 것, 그게 영업입니다."

"네!"

츠무기는 고등학생인 이오리의 설교를 진지하게 경청했다.

"어르신들도 중요한 팬층이지만, 일단 젊은 세대에서의 인지도를 높여야 해요. 젊은 세대가 모이는 곳에서 라이브를 하죠. 그럴 만한 곳이 있다면 어디일까요?"

"음, 패스트푸드점……?"

"패스트푸드점에 연줄 있어요?"

"아뇨……."

"보다 쉽게 접근할 수 있고, 사람을 모을 수 있는 곳이 있잖아요. 당신도 얼마 전까지 다녔고, 저는 아직 다니고 있는 곳이요."

거의 정답에 가까운 힌트를 준 순간, 츠무기는 손뼉을 치며 눈을 빛내며 말했다.

"학교예요! 교내 방송에서 노래하자는 거군요?"

"학교 축제 때 게스트로 출연하는 거예요."

대학교 문을 지나며, 츠무기는 이오리에게서 들었던 설명을 그대로 리쿠에게 전달했다.

"라이징 아이돌이 매력을 어필할 수 있는 곳, 그건 학교 축제

예요. 쇼핑몰 영업이나 양로원, 온천시설에서의 영업도 기회의 장이기는 하지만 IDOLiSH7의 팬층인 10대, 20대가 모이는 학교 축제를 메인으로 활동해 가려고 해요."

"역시 매니저. 여러모로 생각이 많구나."

츠무기 혼자 세운 계획이리라 철석같이 믿는 리쿠를 보자, 죄책감을 느낀 츠무기의 얼굴이 굳었다. 반면, 이오리는 아무렇지도 않은 듯했다.

그들은 축제 운영실이라는 곳으로 안내를 받았다. 그곳에서 그들을 맞이한 건 쾌활해 보이고 아름다운 축제 실행위원장이었다.

"만나서 반가워요. 실행위원장 사사키 요코라고 해요. 와아, 리쿠 씨랑 이오리 씨도 와주셨군요!"

위원회 여학생들도 그렇고 위원장도 그렇고 감격한 눈치였다. 꺄르르 웃는 여학생들을 보며 츠무기는 뿌듯했다. 츠무기에게는 IDOLiSH7이 사랑받는 게 가장 큰 행복이었다.

위원장인 요코는 리쿠를 힐끔 쳐다보며 뺨을 붉게 물들였다.

"인터넷에서 폭우 속 라이브 영상을 봤어요. 안 좋은 일이 있어 침울해져 있을 때였는데, 폭우 속에서 최선을 다해 노래하는 리쿠 씨를 보고, 저도 열심히 살아야겠다는 마음이 들었어요……."

"그러셨군요. 정말 기뻐요."

"그때부터 리쿠 씨 팬이에요."

생각지 못한 직진 고백에, 리쿠의 얼굴이 빨개졌다. 아이돌 그룹 센터라고 생각되지 않는 풋풋한 반응에 여학생들이 환호했다.

"어떡해! 말했어!"

"요코, 얼른 악수해달라고 해!"

"그건 못해! 아, 죄송해요. 일 때문에 와주셨는데 저희가 너무 들떴죠."

리쿠는 뺨이 달아올라있음을 느끼며 수줍어 머리를 긁적였다. 기쁨을 간직하고 어눌하게나마 자신의 감정을 전했다.

"아뇨……. 저, 엄청 기뻐요. 좋아한다고 해주시고, 제 노래를 듣고 기운이 났다는 말씀을 해주셔서……. 저라도 괜찮으시면, 앞으로도 응원……."

"프러포즈라도 받은 것처럼 들뜨진 말아주세요."

이오리가 한심해하자 리쿠의 얼굴이 더욱 빨개졌다.

“아, 아니! 난 그냥 감사한 마음을 전하고 싶은 것뿐인데…….”

웃음이 번지며 회의실 분위기가 화기애애해졌다. 좋은 분위기 속에서 회의를 할 수 있겠다 싶어 츠무기가 안도한 바로 그 때였다.

벌컥, 하고 운영실 문이 거칠게 열렸다.

“요코, 왜 전화 안 받아!”

그리고 장신의 청년이 모습을 드러냈다. 연예인처럼 단정하게 생겼지만 기가 세 보이는 얼굴이었다. 그의 뒤로 추종자로 추정되는 남녀학생들이 보였다.

“……저 스타일은…….”

리쿠와 이오리는 그의 갑작스러운 등장이나 험악한 태도 때문에 놀란 게 아니었다.

일본에서 모르는 사람이 없는, 안기고 싶은 남자 연예인 1위인 야오토메 가쿠. 야오토메는 IDOLiSH7에게 라이벌이자 목표이기도 한, 인기 아이돌 그룹 TRIGGER(트리거)의 리더이기도 했다.

갑자기 등장한 남자는 헤어스타일, 패션스타일 모두 야오토메 판박이였다.

'야오토메다…….'

'야오토메 씨를 의식한 스타일…….'

요코는 난입해온 남자를 노려보았다. 조금 전까지 생글거리며 리쿠와 대화를 나눴던 사람과는 전혀 다른 사람 같았다.

"스에히로 선배, 저희 회의 중이에요. 방해하지 말아주세요."

"회의는 무슨. 학교 축제 공연은 나한테 맡기라니까. 우리 밴드는 엔터사에서 스카우트 제안도 받았고, 데뷔 직전이라고. 인기 없는 아이돌 같은 건 부를 필요 없어."

스에히로라 불린 남자는 요코의 말을 듣지 않고 운영실 안으로 들어왔다. 퍽, 하고 리쿠를 치고 요코에게로 다가갔다.

"저딴 놈들보단 내가 훨씬 낫지. 이제 그만 솔직해지고 나랑 사귀자."

요코는 단호히 말했다.

"스에히로 선배. 재학생 공연은 추첨으로 이미 결정된 사항이에요. 신청조차 하지 않은 선배를 무대에 올릴 순 없어요."

"게스트 자리가 있잖아."

"게스트로는 IDOLiSH7이 올 거예요!"

"그딴 아이돌 나부랭이가 뭐라고. 어쭙잖은 초짜들을 모아놓은 집단 아냐?"

어쭙잖은 초짜라 불린 두 사람의 반응은 제각각이었다. 리쿠는 눈을 동그랗게 뜨고 깜빡였고, 이오리는 불쾌하다는 듯 눈살을 찌푸렸다. 이오리는 리쿠를 밀었을 때부터 스에히로가 마음에 들지 않았다.

당혹스러워진 츠무기가 요코에게 물었다.

"이 분은……."

"엔터사에서 스카우트 제의를 해왔다고, 갑자기 밴드를 결성해서는 무대에 서겠다고 생떼를 부리고 있어요……."

"미래의 스타가 출연해야 우리 학교도 명성을 얻지 않겠어? 학생들도 내가 무대에 서는 걸 더 좋아할 테고."

스에히로가 뒤를 돌아보며 미소 짓자, 운영실 앞에 모여있던 여대생들이 환성을 지른다.

요코는 목에 핏대를 세우고 책상을 내리치며 말했다.

"선배 팬들이나 좋아하겠죠! 나가주세요. 학교 축제에는 진짜 스타를 부를 거니까요!"

"진짜 스타? 쥐꼬리만한 출연료로 부를 수 있는 무명 아이돌

주제에 무슨. 여자들한테 아양이나 떨며 인기를 구걸하는 놈들이 뭐가 좋다고 그래?"

"당신에 비하면 돼지가 낫죠."

신랄한 이오리의 발언에, 운영실 분위기가 얼어붙었다.

"뭐야, 이 애송이는?!"

멱살을 잡을 기세로 스에히로가 뒤를 돌아봤다. 이오리는 아무렇지도 않은 듯 서늘하게 고개를 갸웃했다.

"목소리 좀 낮추시죠. 교내에는 규칙이 있을 텐데요. 나나세 씨도 그 정도는 압니다."

"나도 알 거라니 이오리 너……."

"나나세 씨, 이분께 교내 규칙에 대해 알려드리세요."

"어? 음, 복도에서 뛰지 말고, 큰소리로 떠들지 말고……."

"시끄러워……!"

리쿠의 말은 스에히로의 고함소리에 묻혔고, 곧장 멱살이 잡혔다.

리쿠는 눈을 꿈뻑이며 신기하게 생각했다. 도발한 사람은 이오리인데, 왜 내 멱살을 잡는 걸까…….

템포가 늦는 리쿠와 달리, 이오리와 츠무기의 반응은 재빨랐다. 이오리는 스에히로의 손목을 잡았고, 츠무기는 명함을 들이밀었다.

"그 손 놓으세요. 교내에서 문제를 일으키고 싶은 겁니까?"

"저, 저는 타카나시 프로덕션 소속 아티스트 IDOLiSH7의 매니저 타카나시 츠무기라고 합니다! 저희 아티스트에 대한 폭력을 멈추세요! 경우에 따라서는 영업방해로 손해배상을……!"

"아파, 아프다고! 이 여자가……?! 뭐야, 이건!"

명함으로 뺨을 찔러대자, 스에히로는 리쿠를 잡았던 멱살을 놓았다. 이오리는 기침을 하는 리쿠의 등을 걱정스레 바라보았다.

"괜찮아요, 나나세 씨?"

"응. 근데 왜 내가 멱살을 잡힌 거야?"

"……IDOLiSH7? 너희가?!"

명함을 바라보던 스에히로가 인상을 쓰고 중얼거렸다. 적의를 드러내며 두 사람을 노려보는 스에히로.

츠무기의 얼굴은 파랗게 질려있었지만, 두 사람을 비호하듯 앞으로 나섰다. 수리검을 쥐고 자세를 잡는 닌자처럼, 다시 명함 몇 개를 집고서.

“저희 아티스트에게 용건이 있다면 저를 통해 말씀하세요! 저는 타카나시 프로…….”

“명함은 됐어! 흥, 그래? 이 녀석들이 네가 부른 아이돌이란 말이지?”

얕보는 듯한 스에히로의 시선에, 요코는 정면으로 반발했다.

“IDOLiSH7은 최고의 아이돌이에요! 선배가 사귀자고 집요하게 따라다녀서 곤란했을 때, IDOLiSH7의 노래를 듣고 기운을 차릴 수 있었어요. 그래서 축제 때 IDOLiSH7을 불러 다른 학생들에게도 좋은 기운을 나눠주고 싶은 거고요!”

“아이돌들은 다 립싱크야! 네가 들은 노래는 기계가 조작한 가짜고!”

“가짜인지 아닌지, 확인해보시겠습니까?”

이오리가 눈을 가늘게 뜨고 제안했다. 아직 고등학생임에도 냉랭하게 압박해오는 이오리의 기백에 스에히로도 멈칫했다.

“……확인하라고?”

이오리는 스에히로를 바라본 채 리쿠를 불렀다.

“나나세 씨.”

“응.”

"불러주세요."

"뭐?!"

이오리는 승리를 확신했다. 그만큼 리쿠의 가창력은 대단했기 때문이다.

리쿠가 노래할 때마다 이오리는 기적을 보는 듯했다.

IDOLiSH7이라는 이름조차 모르는 행인들이 리쿠의 노래를 듣고 발길을 멈추고, 뒤돌아 보고, 귀를 기울인다. 그런 사람들이 모여 음악에 취하는 군중이 만들어졌다.

'똑같은 마법을 지금 여기서 보여주겠어.'

사람들의 기대와 호기심 어린 눈빛이 리쿠에게 일제히 쏟아졌다. 긴장 때문에 얼굴이 붉어졌지만, 리쿠도 노래해야 하는 분위기를 감지했다.

그런데 리쿠의 입에서 나온 건, 민망함이 느껴지는 맥빠진 동요였다.

"*피었네, 피었네, 튤립 꽃이……."

운영실은 싸한 분위기와 함께 침묵으로 가라앉았다.

퍼드득, 요코가 열심히 박수를 치기 시작했다.

이오리는 어안이 벙벙해져서 리쿠를 뒤돌아봤다. 리쿠의 압

*일본 동요 〈튤립(チューリップ)〉의 가사.

도적인 노래를 들려주고, 리쿠의 노래를 듣고 자신감을 잃은 스에히로가 힘없이 고개를 떨구는 광경을 상상하고 있었는데, 왜 이 사람은 민망해하고 수줍어하는 거지?

"왜 제대로 안 부르는 거죠?! 다들, 잠깐만요. 다시 한번 들어보세요."

"이, 이제 됐어. 나 민망해."

"남자라면 승부처 정도는 파악해야죠!"

"승부처가 어딘데?"

"지금 바로 여기요!"

투닥거리는 두 사람 목소리를, 스에히로의 호쾌한 웃음소리가 지웠다.

"아하하하! 애들 장난이냐? 이 정도 수준에 아이돌이라니, 요즘 CG 기술은 진짜 대단한가 보다."

"음성에 CG가 무슨 상관이에요?!"

"요코, 이 녀석들이 그렇게 좋으면 나랑 내기하자."

씩 웃으며, 스에히로는 요코에게 제안했다.

"이 녀석들이 A스테이지에서 공연하는 시간에, 난 B스테이지에서 공연할게. 한 명이라도 많은 관객을 모으는 쪽이 이기는 거야."

"뭐라는 거예요? B스테이지는 실내악과 연극용 대강당이잖아요. 그 시간에는 연극 동아리가 공연하기로 되어있고요."

"연극 동아리 회장이 나한테 양보할 거야. 너랑 달리 솔직하고 귀여운 애거든."

스에히로는 휙 돌아서며 한 마디 말을 던지고 떠났다.

"내가 이기면, 요코 넌 나랑 사귀는 거다?"

쾅 하고 문이 닫혔다.

화기애애했던 분위기는 진작에 사라지고 없었다.

"정말 죄송합니다……. 모처럼 와주셨는데……."

스에히로가 떠난 뒤에 요코는 계속 사죄했다. 회의 도중에도 민망할 정도로 계속 사과했다.

자신의 노래를 듣고 기운을 낼 수 있었다고 말해준 사람이 침울해 있는 모습은 보고 싶지 않았다. 요코가 재차 사과하려 들자, 리쿠는 웃으며 그런 요코를 말렸다.

"요코 씨, 더는 사과하지 마세요."

"리쿠 씨……."

"괜찮아요. 축제 무대는 반드시 성공시킬게요. 저희의 실력을

믿어준 요코 씨와 위원회 분들을 위해, 열심히 노래하고 춤추겠다고 약속드릴게요."

요코는 그렁그렁 눈물이 맺힌 눈으로 일행을 바라보며 고개를 끄덕였다.

"리쿠 씨, 이오리 씨, 매니저님……. 정말 감사해요! IDOLiSH7의 다른 멤버 분들께도 저희 마음을 전해주세요."

리쿠, 이오리, 츠무기는 요코와 헤어지고 사무실로 돌아왔다.

리쿠와 이오리의 소속사 〈타카나시 프로덕션〉은 유능한 백댄서나 세션 뮤지션 등을 양성하는 작은 연예기획사다.

아이돌이 본인의 능력만으로 세상에 나가 빛을 보기란 힘들다. 연예기획사는 광고나 영업으로 소속 아티스트를 어필하거나, 스케줄을 관리하거나, 소속 아티스트의 이미지에 맞는 일을 선택하거나, 클라이언트가 무리한 주문을 한다면 이를 커트해서 소속 아티스트를 보호하거나, 때로는 길을 잃거나 고민에 빠진 아티스트를 격려하는 일 등 다방면의 일을 맡는다.

무책임하고 인간미 없는 연예기획사일 경우 아티스트의 건강이나 심정을 무시하고 빡빡하게 스케줄을 밀어붙이거나, 소모품처럼 강매하는 경우도 있다. 아무리 재능이 있다 해도 재능을 발휘할 수 있는 환경이 갖춰지지 않으면, 음지의 꽃과 다를 바 없다.

연예기획사와 아티스트 간에는 신뢰가 필수불가결이다.

그런 점에서 IDOLiSH7의 소속 기획사인 타카나시 프로덕션은 좋은 연예기획사였다. 매니저인 츠무기, 츠무기의 아버지인 타카나시 사장님, 직원인 오오가미 반리까지 가족처럼 그들을 케어했다.

엄하게 말할 때도 있지만, 모두 그들의 장래를 위해서임을 알고 있었다.

"어서 와요. 츠무기 씨, 리쿠 군, 이오리 군. 대학 측과의 협의는 어땠어요?"

반리가 집에 귀가한 식구를 맞는 것처럼 세 사람을 따스하게 맞았다. 반리는 일개 직원으로 두기엔 아까울 만큼 잘 생겼고, 모두에게 좋은 오빠이자 형이었다.

반리가 내려준 커피를 마시며, 리쿠는 대학교에서 있었던 일을 보고했다.

"……그렇게 돼서, 요코 씨의 마음에 보답하기 위해서라도 축제는 반드시 성공시키고 싶어요."

이오리가 한심한 듯 눈을 가늘게 뜨며 말했다.

"당신이 그때 전력으로 노래만 했어도 결판이 났을 걸요?"

"너무 갑작스러웠잖아! 다 나만 보고 있으니 민망했고……."

"아이돌 그룹 센터가 할 소리는 아닌 것 같군요."

"그럼 이오리가 하지 그랬어!"

당신이 안 하면 의미가 없잖아요.

간식으로 배를 내놓으며, 반리는 이오리가 반박하기 전에 흐뭇하다는 듯이 웃으며 입을 열었다.

"이오리 군은 리쿠 군의 실력을 신뢰하고 있는 거지?"

그 순간 이오리는 입을 다물었고, 리쿠는 기쁜 듯한 미소를 지으며 이오리의 얼굴을 바라보며 말했다.

"그런 거야? 평소엔 건방지지만, 중요한 순간엔 날 믿고 의지한다는 소리?"

이오리는 무뚝뚝하게 시선을 피했다.

"……딱히."

리쿠는 입술을 삐죽이며 배에 손을 뻗었다.

“귀염성 없긴. 날 의지한다고 해주면 오죽 좋아. 그랬으면 아까도 승부처란 걸 알았을 텐데.”

“무슨 뜻이죠?”

의아하다는 듯이 돌아보는 이오리를 보며, 리쿠는 배를 우물거리며 말했다.

“그러니까 막무가내로 시키는 게 아니라, 이오리가 날 의지해서 부탁한 걸 알았다면 전력을 다해 대응하려 했을 거라고.”

그렇게 말하며 리쿠는 미소지었다.

“남한테 기대를 받는 건 기분이 좋거든. 무대에 설 때도 그래. 관객들의 설레는 표정을 보면, 기대에 부응해줘야겠다는 생각이 들면서 의욕이 솟아.”

이오리는 하고 싶은 말이 있는 것처럼 리쿠의 미소를 빤히 바라보았다.

“리쿠 군은 설문조사에도 그렇게 적었지? 무대에 서면 어떤 기분이 드냐는 질문에, 유성을 뿌리는 것 같은 기분이 든다고.”

서류를 손에 든 반리가 웃으며 말했다. IDOLiSH7의 공식 홈페이지에 올리기 위해 멤버들에게 돌린 설문지였다.

"바, 반리 씨, 사람들 앞에서 읽지 마세요. 민망하게……."

"왜? 멋진 대답인걸."

"아하하. 그런가……. 근데 이 배는 어디서 났어요?"

"도시락 가게 아주머니가 서비스로 주셨어. 늘 김 도시락만 먹는 게 가엽다고."

"맛있어요. 빨리 잘 나가는 아이돌이 돼서 반리 씨랑 사장님이 고급 도시락을 먹을 수 있게 열심히 할게요."

"고맙다. 우리도 디저트까지 사줄 수 있게끔 열심히 영업할게."

두 사람의 대화를 들으며 이오리는 배를 우물거렸다.

맛있는 도시락을 먹여주고 싶은 사람과, 그러기 위해 노력하겠다는 사람.

유성을 기다리듯 무대를 올려보는 관객과, 별을 뿌려주려는 무대 위 아이돌.

신뢰로 이어진 마음이 서로에게 돌고 돌아 기적을 일으킨다.

문득 그런 생각이 들었다. 만약 그 위원회실에서 자신의 마음이 리쿠에게 솔직하게 전해졌더라면?

리쿠는 그 순간 최고의 노래를 들려줬을까?

선명한 마법을 선보이듯이.

아이돌이 되고 싶은 이유는 저마다 다를 것이다.

인기인이 되고 싶다거나. 노래를 좋아해서라거나. 춤을 좋아해서라거나. TV에 나오고 싶어서라거나. 사람들을 즐겁게 해주고 싶다거나. 좋아하는 연예인과 친해지고 싶다거나.

이오리는 그 어디에도 해당되지 않았다. 솔직히 시작은 얼떨결에 가까웠다. 같은 IDOLiSH7의 멤버인 형인 미츠키가 어렸을 때부터 아이돌이 되고 싶어 했기 때문이었다. 그래서 스카우트 제안을 받았을 때, 형과 함께 하는 조건으로 수락했다.

이오리는 태어나 지금까지 뭐든 잘했다. 공부도 곧잘 했고, 스포츠도 딱히 종목 상관없이 어렵지 않게 해냈다. 단정한 이목구비와 어지간한 일이 아니면 당황하지 않는 성격까지, 아이돌이 되기 전까지 이오리는 사람들의 동경의 대상이었다.

어떤 일이든 쉽게 해내는 빈틈없고 쿨한 성격의 이오리는 형인 미츠키밖에 모르는 일면이 있었다.

이오리는 돌봄에 특화돼 있었다.

'IDOLiSH7의 실력을…… 나나세 씨와 형의 실력을 세상에

알리고 싶어.'

이오리를 아이돌답게 만드는 열의는 매니저인 츠무기와 비슷한 것이었다. 거기에 뛰어난 분석력, 냉정한 판단력, 대담한 결단력까지…….

이오리는 아이돌이지만, 그 기질은 프로듀서의 것이었다.

IDOLiSH7의 미래를 위해 학교 축제 무대를 성공시키고 말겠다. 그런 의욕은 이오리에게도 있었다. 그러나 원래 담백한 성격인 탓에 표면적으로 드러나지 않았다. 예를 들어, 이오리가 주먹을 꽉 쥐고 눈을 빛내며 "우리의 힘으로 축제 무대를 성공시켜요! 저희를 얕본 놈들 코를 확 눌러줘야죠! 우리의 저력을 보여주자고요!"라고 한다면 단숨에 모든 멤버들을 분발케 했을 것이다. 하지만 그건 이오리의 방식이 아니었다.

이오리의 방식은 이런 식이었다.

"모두 모여주세요. 학원 축제에 대해 조사해봤거든요."

매니저인 츠무기가 부르자, 연습을 하던 멤버들의 움직임이 멈췄다.

매니저가 손에 들고 있는 자료는 이오리가 작성한 것이었다. 전날 츠무기와 철저하게 금후의 방침에 대한 회의를 했다. 당연히 학교 축제에서 IDOLiSH7이 승리를 거머쥐기 위한 회의였다.

상황을 분석하고 타개책을 찾은 다음, 매니저인 츠무기에게 방침을 제시하게 하는 것. 그것이 이오리의 전투방식이며 멤버들을 향한 무뚝뚝한 지원이기도 했다.

"학교 축제라면 야오토메를 흉내 내는 밴드가 나오는 축제?"

수건으로 땀을 훔치며, IDOLiSH7의 리더인 니카이도 야마토가 물었다. 워낙 유유자적한 성격인 야마토의 입가에는 살짝 미소가 서려있었다.

"네. 우리 공연과 동시간대에 B스테이지라 불린 대강당에서 스에히로 씨의 공연이 열려요. 허용인원은 1300명. 티켓은 이미 매진이고, 입석은 당일 풀린대요."

"1300명이나? 굉장하다. 우리는 3000명 홀에 9명밖에 안 왔었는데."

어깨를 으쓱이는 야마토를 보며 츠무기는 얼굴을 붉히고 고개를 숙였다.

"그건 제 실수로 인한 흑역사예요."

IDOLiSH7 데뷔 초, 그들의 실력에 들뜬 츠무기는 충분히

알리지도 않은 채 커다란 홀을 잡아버렸다. 그 결과는 야마토가 말한 대로 참담했다.

다시 마음을 다잡고, 츠무기는 멤버들을 둘러보았다.

"이 대학 축제의 방문객 수는 매년 첫날에만 1만 명 안팎이고, 이튿날은 2만 명이에요. 우리가 공연을 할 A스테이지는 A동 앞 특설무대. 야외 스탠딩이고 객석은 1200명이에요. 주변에서 서서 볼 사람들을 상정해, 안전상 정해진 인원이에요."

"그러니까 관객석을 다 채워도 가짜 야오토메 쪽이 이긴다는 거네."

이오리의 형 미츠키가 마음에 안 든다는 듯이 이마를 찌푸렸다. 작고 사랑스러운 외모와 달리, 미츠키는 승부욕이 강하고 그 누구보다 에너지가 넘쳤다.

"게다가 스에히로 씨네 집이 상당한 자산가 집안이어서, 돈으로 관객을 모으는 전략을 쓰고 있어요."

"돈으로 관객을 모으는 전략?"

"이른바 경품 전략이죠. 스에히로 씨 공연을 보러 가면 명품 기념 파우치를 준대요."

"사은품? 나도 사은품 좋아해."

캐러멜 상자에서 장난감 키링을 꺼내며 요츠바 타마키가 해맑게 웃었다. 다이내믹한 댄스 퍼포먼스 실력과 어린아이의 마이페이스적인 성격을 지닌 타마키는 손가락에 건 키링을 좌우로 흔들며 제안했다.

"우리도 사은품으로 대항하면 되잖아. 초콜릿이나 푸딩이나 뷔페 같은 거."

"안 돼요. 기껏해야 티슈뿐이에요."

츠무기가 심각한 표정으로 고개를 저었다.

"그리고 문제는 그게 다가 아니에요. ……이건 제 책임이기도 한 부분인데요."

"매니저 책임?"

츠무기는 말을 꺼내기 힘든 듯 시선을 바닥에 떨구고 멤버들에게 고개를 숙였다.

"아까 야마토 씨가 얘기했던, 그 실패한 공연 얘기가 소문이 난 모양이에요. 상대측에서 고의로 흘린 거겠지만……. 그 때문에 티켓 발매는 시작됐는데 아직 매진시키지 못했어요."

멤버들의 얼굴에서 미소가 사라졌고 서로를 바라보았다. 즉, 대학생들이 자신들에게 가지게 된 이미지가 '기대되는 신인 아이돌'이 아니라 '9명밖에 관객을 모으지 못한, 못 나가는 아이돌'이 된 것이다. 츠무기는 거기서 더 고개를 떨궜다.

"제가 해야 하는 일은 여러분을 모르지만 원하는 사람들에게 여러분의 가치를 똑바로 전하는 건데……. 그런데 제 실수 때문에 여러분의 가치를 제대로 전할 수 없게 돼버렸어요. 정말 죄송해요……."

모두 침묵하는 가운데, 오사카 소고가 웃으며 입을 열었다. 온화한 성격인 그는 노래면 노래, 춤이면 춤 모두 완벽한 데다 다른 사람을 배려할 줄 아는 다정한 인물이다.

"이미 지난 일이야. 매니저가 마음에 담아둘 필요 없어. 티켓도 지금은 교내 판매 기간이잖아. 당일에 일반 판매가 시작되면 우리 팬들도 보러 와주지 않을까?"

"오사카 씨의 말도 맞지만, 새로운 팬층을 확보하지 못하면 학교 축제에 참여하는 의미가 없어집니다."

츠무기 대신 이오리가 대답했다.

자칫 무거워지려는 분위기를 로쿠야 나기의 밝은 목소리가 가르고 들어왔다. 일본인 같지 않은, 헐리웃 스타 같은 미모의 얼굴에 환하게 빛나는 미소를 지으며.

"OH! 그럼 당일 우리 공연으로 사람들을 불러 모아요. 우리의 노랫소리에 발길을 멈추고, 우리의 무대를 돌아보게 만들어요. 티켓을 못 팔아도 우리의 존재를 어필할 수 있어요. IDOLiSH7 앞으로 잘 부탁한다고 말할 수 있어요."

서투른 일본어가 불안으로 덮이려던 분위기를 일변시켰다. 다시 쾌활해진 리쿠는 모두에게 웃으며 말했다.

"그래! 한 명이라도 더 많은 사람에게 우리의 노래를 들려주자. 우리를 아는 사람도, 모르는 사람도 학교 축제를 즐길 수 있게!"

리쿠와 눈을 마주치며 나기는 윙크를 날리고 말했다.

"YES. 그리고 곤경에 처한 여성을 못 본 척 할 순 없어요. 미인에게는 미소가 잘 어울려요. 라이브를 성공시키고, 리쿠가 얘기한 요코를 웃게 해줘요."

"응!"

"이 방향으로 OK입니까? 츠무기."

듬직한 멤버들을 둘러보는 츠무기의 얼굴에도 미소가 번졌다.

"네! 제가 전하려던 계획이랑 거의 똑같아요. 축제의 주인공은 학생들이니까 최고의 라이브로 최고의 즐거움을 선사해, 좋은 추억과 함께 IDOLiSH7의 이름을 기억하게 하는 거예요!"

그리고 츠무기는 이오리에게 부탁받은 말을 전했다.

"여러분이 제 실력을 발휘하면, 야오토메 따라쟁이가 모은 1300명은 가볍게 제칠 수 있어요. 우리의 경험, 실적, 환경으로 분석한 당연한 결과니까 스스로를 믿고 평소대로 무대를 즐겨주세요!"

웃으며 고개를 끄덕이는 멤버들을 이오리는 가만히 바라보았다.

이오리는 격려의 말을 던지는 유형도 아니고 주먹 쥐고 환호하는 유형도 아니다. 츠무기처럼 환한 미소로 멤버들의 기운을 북돋아주지도 못한다.

이오리는 한 발자국 물러나 진지하게 바라고 있었다.

'유성을 뿌리는 기분.'

무대 위에서의 리쿠의 심정은 모른다. 하지만 유성을 기대하고 기다리는 마음은 안다.

지금, 이 순간이 그렇다.

그저 기적을 기다리는 게 아니었다. 기적을 확신했다. 눈부신 빛의 띠를 흩뿌리며 그들이 빛날 것을. 탄식하며 그들에게 시선을 떼지 못하고 행복해할 사람들의 모습을.

'……오직 하나, 불안한 게 있다면…….'

이오리는 동료들과 함께 웃고 있는 리쿠의 등을 몰래 바라보았다.

그리고 폭풍우 치던 그날을 떠올렸다.

요코가 힘을 얻었다는 폭우 속 역 앞 공연 당시, 열광하는 관객들 몰래 이오리는 리쿠의 등을 받치고 있었다. 그러지 않고서는 서있지 못했기 때문이다.

빗줄기에 막혀가는 끊어질 듯한 호흡. 잠시도 진정하지 못하고 격하게 흔들리는 등. 고통스럽게 노래를 이어가던 리쿠는 무대 위에서 목숨을 잃을 뻔 했다.

IDOLiSH7 최대의 무기인 규격 외의 가창력을 지닌 리쿠는 아이돌에게는 치명적인 폭탄을 짊어지고 있었다.

소고와 타마키는 어둑해진 밤하늘 아래를 걸어가고 있었다.

사무실과 가까운 곳에 있는 숙소로 돌아가는 길이다. 밤바람

은 기분 좋은 서늘함으로 두 사람의 머리카락과 옷을 스쳤다.

"리쿠 군, 괜찮을까?"

소고가 툭 하고 말을 던졌다.

막대사탕을 입에 물고 있던 타마키가 고개를 들었다. 타마키는 전등빛에 수많은 날벌레가 모여있는 걸 눈치 챘다.

소고의 섬세하고 단정한 얼굴이 걱정의 빛으로 물들어 있었다.

"의욕적이긴 했지만, 리쿠 군은 스트레스에 취약하잖아. 기압 변화나 기온 차에도……. 무리하지 말아야 할 텐데."

"릿 군의 목은 폭탄이니까."

녹여먹는 데 질린 사탕을 오독오독 씹으며 타마키가 대답했다. 가로등에 지나치게 가까이 다가간 나방이 퍼드득 튀어올랐다.

그럼에도 가로등으로 다가가는 나방을 바라보며 타마키가 말을 이었다.

"당일에 발작을 일으키지만 않으면 좋겠어."

"응……."

소고는 마치 자기 일처럼 심각했다. 진지하고 성실한 그는 사소한 일도 그냥 넘기는 일이 없다. 섬세함과는 무관한 타마키는 재미있다는 듯이 그런 소고를 내려다보며 말했다.

"소우한테 릿 군 같은 병이 있었으면, 하루 세 번은 발작을 일으켰겠다."

"……그게 무슨 뜻이야?"

"소우는 예민하니까. 몸이 튼튼해서 다행이야."

대답할 말을 고르느라 소고의 눈썹이 처졌다. 걱정해서 하는 말일지도 모른다는 생각에, 일단 감사의 뜻을 전했다.

"고마워."

타마키는 가볍게 웃었다. 두 사람의 그림자가 길게 늘어진 도로. 사탕을 다 씹어 넘긴 타마키는 가로등에 꼬이는 벌레 따위 잊은 지 오래였다.

포장마차 라멘가게에서 야마토는 나무젓가락을 둘로 쪼갰다. 그 옆으로 미츠키와 나기가 나란히 앉아있다.

멀리서 개가 짖는 소리가 들려왔다.

"축제 공연이라. 뭐, 괜찮겠지만 리쿠만 좀 걱정이네."

김이 솔솔 올라오는, 갓 나온 쇼유라멘을 먹으며 미츠키가

대답했다.

“기관지였나? 거기가 약하대. 먼지나 꽃가루, 스트레스 때문에도 발작이 날 수 있다나 봐. 그리고 격렬한 운동도 사실은 안 된댔나?”

“OH……. 발작 때 리쿠, 매우 힘들어 보였어요. 괜찮을까요……?”

보석 같은 눈동자를 살짝 내리며 나기가 탄식했다. 라멘의 면을 숟가락에 모아 우아하게 입으로 가져간다. 혼혈인 그는 외국 생활이 길어서인지 면 종류를 후루룩 빨아먹지 못했다.

야마토가 소금을 뿌리며, 나기의 큰 덩치에 가려진 작은 체구의 미츠키를 들여다보며 물었다.

“폭풍우 속 공연이 끝나고 나서 응급실에 실려갔잖아. 그때 이치가 제일 먼저 눈치챘던가?”

“맞아. 리쿠의 컨디션이 이상하다는 걸 이오리는 알고 있었던 것 같아. 그 녀석 잔소리가 좀 심하잖아. 리쿠한테 스트레스가 안 되어야 할 텐데…….”

“OH……. 어려워요. 요령 알려주세요.”

“빨대로 빨아 마시듯이 후루룩 빨아들이면 돼.”

"OH, NO……. 잘 모르겠어요."

"이쪽은 비프스튜에 요거트를 넣어 먹는 입맛을 더 모르겠거든?"

"밥보다 잘 어울려요."

"요거트보단 밥이지. 스튜는 카레의 친구야."

"왓?"

"워, 워. 그게 바로 문화적 차이라는 거야."

언쟁을 벌이는 미츠키와 나기를 보며, 야마토가 가볍게 웃었다. 멀리 들려오는 개 짖는 소리 때문에 동네 개들도 짖기 시작한 상황이었다.

무수히 들려오는 하울링에 귀를 기울이던 야마토는 어깨를 으쓱 했다.

"저쪽도 문화적 차이가 있나 보다. 짖지 않고 대화하기란 어렵겠지. 리쿠랑 이치도 그럴 테고."

개들의 합창은 더 심해지기만 했고 미츠키와 나기의 언쟁도 끝날 줄 몰랐다. 라멘가게 사장은 "시끄러워!" 하고 개들 짖는 방향으로 역정을 냈는데, 이에 놀란 두 사람도 조용해졌다.

라멘 속 어묵을 젓가락으로 건져 올린 야마토는 조용히 중얼거렸다.

"게다가 리쿠는 이래저래 짊어진 게 크니까……."

리쿠는 숙소 방에서 TV를 보고 있었다.

화면 속에는 인기 아이돌 TRIGGER가 나오고 있다.

'야오토메……. 역시 진짜는 멋지구나. 츠나시 류노스케도……'

세 명의 남자 아이돌이 박력 있는 댄스와 함께 섹시한 목소리를 선보였다. 그들의 가창력, 댄스엔 아이돌의 영역을 넘는 카리스마성이 있다.

특히 센터에서 노래하는 쿠죠 텐의 퍼포먼스는 천재라 일컬어질 정도였다.

'……텐 형……'

리쿠는 멀어져버린 쌍둥이 형을 바라보았다.

쿠죠 텐은 다정한 형이었다. 잔병치레가 심해 입퇴원을 반복하는 리쿠를 위해 춤을 추고 노래를 부르며 리쿠를 즐겁게 해줬다.

어렸을 때부터 텐은 리쿠의 자그마한 스타였다.

리쿠는 설레는 마음으로 텐을 동경하고 부러워했다. 언젠가 텐처럼 노래하고 싶다. 텐과 함께 춤추고 싶다. 리쿠가 그렇게 말할 때마다 텐은 다정하게 타일렀다.

"안 돼, 리쿠. 리쿠는 몸이 약하니까."

"그래도……."

"리쿠 대신 내가 노래해줄게. 리쿠가 좋아하는 노래를 불러줄게. 리쿠가 보고 싶어 하는 춤을 출게."

담요처럼 보드라운 텐의 다정함에 감싸여 리쿠는 자랐다. 리쿠의 온화한 성격, 사람 좋은 측면은 모두 텐의 보호를 받으며 자란 덕분이었다. 텐의 보호를 받으며, 리쿠는 텐과 함께하는 꿈을 꿨다. 건강해지고 뛰어다닐 수 있게 되면 텐은 분명 이렇게 말해줄 것이다.

―나랑 같이 노래하자. 드디어 함께 노래할 수 있어, 리쿠.

리쿠는 어른이 돼서 몸이 튼튼해지면 그런 날이 올 거라 믿어 의심치 않았다.

그런데 리쿠의 병이 한결 괜찮아진 열세 살 무렵, 텐은 집을 나갔다.

부모님의 쇼클럽을 망친 남자를 따라 나간 것이다.

—쇼 비즈니스 세계에서 살고 싶어. 그러기 위해 이 사람을 따라갈 거야.

충격이었다.

텐이 집을 버렸다는 게. 부모님의 원수를 따라갔다는 게. 무엇보다 쇼 비즈니스 세계에서 살겠다고 선언한 텐이 자신을 필요로 하지 않았다는 게 충격이었다.

텐은 리쿠와 함께 노래할 생각조차 없었던 것이다.

—나랑 같이 노래하자.

리쿠는 바라왔던 말을 한마디도 듣지 못했고, 텐은 떠났다.

그리고 지금, 텐은 TV 속에서 눈부신 조명을 받고 있었다. 리쿠의 자그마한 스타는 누구나가 아는 국내 탑아이돌이 되어 있었다.

'……굉장해, 텐 형…….'

텐을 생각할 때마다 리쿠는 남겨진 어린아이처럼 스스로를 느꼈다.

옛날에는 밤하늘의 별을 올려다보듯 오로지 텐만 좇았다. 하지만 지금은 텐을 볼 때마다 버려진 외로움과 씁쓸함으로 가슴이 아파왔다. 두 번 다시 돌아갈 수 없는 지구를 바라보며,

드넓은 우주를 홀로 떠도는 것 같았다.

축제 전날, 그들은 리허설을 하러 왔다.

실제 무대 위에 서서 자리를 확인하기 위함이었다. 그런데 정작 무대는 미완성인 상태였다.

"죄송해요……. 공사가 지연되고 있대요……. 누군가가 소음 때문에 시끄럽다고 연일 민원을 넣는 바람에……."

스에히로 씨의 소행인가요, 라는 질문은 요코를 배려해 아무도 물어보지 않았다.

무대와 비슷한 공간이라는 이유로 안내받은 곳은 오래된 건물의 뒤뜰이었다. 그들은 할 말을 잃었다.

잡초가 무성한 뒤뜰에서 리허설을 하는 아이돌은 학생들 눈에 더더욱 못 나가는 아이돌로 비칠 것이다.

"정말 죄송해요……."

"아뇨. 감사해요, 요코 씨. 그럼 막대기 같은 걸로 무대랑 같은 크기의 선을 긋고 위치를 확인해볼까?"

처음에는 당혹스러웠지만, 리쿠는 미소로 대응했다. 요코가 미안해하지 않기를 바랐다.

"내가 해줄게."

타마키가 흔쾌히 막대를 집었다.

야유회라도 즐기듯, 콧노래를 부르며 대충 선을 그어간다. 타마키는 굴욕적인 상황임을 알지 못했지만, 그런 타마키가 멤버들의 기분을 환기시켰다.

"타마, 선이 휘었어."

"아하하. 이게 뭐야. 푸딩 모양이잖아."

선을 그리는 그들의 머리 위로 쿡쿡 웃는 소리가 들려왔다. 올려다보자 창문을 통해 여학생들이 내려다보고 있는 게 보였다.

보통은 창피해서 고개를 숙일 만한 상황이었다. 하지만 여자를 좋아하는 나기는 물 만난 물고기처럼 눈을 빛냈다.

"OH! 우리의 관객이에요. 하이, 걸~."

화려한 미남인 나기가 손을 흔들자 여학생들이 뺨을 붉혔다. 수줍게 손을 되흔들기도 했다.

"하~이."

"후후. 관심 있나 봐요. 의욕이 솟아요. 화려한 쇼 타임, 보여줍시다."

"잘 부탁드립니다!"

깊숙이 고개 숙여 인사하는 요코에게 모두 미소를 지어보였다.

음향 설비도 없기에, 카세트 라디오로 백뮤직을 틀었다. 갈라지고 엉망인 소리가 났지만, 인트로가 시작된 순간 관객은 숨을 삼켰다.

기계처럼 딱 맞춘 스텝과 팔의 움직임, 허리의 스윙. 거기에 마음을 뒤흔드는 열정적인 도약감이 파도처럼 흘러넘쳤다.

"……뭐지? 프로야?"

"축제 게스트의 리허설이래."

"뭐?! 그 IDOLiSH7이라는 그룹?! 9명밖에 관객이 안 왔다는 무명 아이돌 아니었어?!"

"굉장해! 노래도 잘하고 춤도 장난 아냐! 멋있어!"

창문 밖으로 몸을 내미는 관객들이 한 명씩 늘어간다. 머리 위로 쏟아지는 건 더는 비웃음이 아니었다.

감탄과 환성이지.

'그것 봐.'

스텝을 밟으며 이오리는 고양감을 느꼈다.

'IDOLiSH7의 실력은 진짜니까. 제대로 보면 모두에게 그 가

치가 전해질 거야. 난 틀리지 않았어.'

IDOLiSH7이 좋은 평가를 받는 게 그 무엇보다 기뻤다. 그 옆에서 분위기에 취한 나기가 창문을 향해 키스를 날렸다.

"컴온베이비~."

"꺄아아아아악……!"

들뜬 환호성이 울려 퍼졌다. 카세트 라디오에서 흘러나오는 BGM이 안 들릴 정도의 환호성. 가벼운 여흥으로 지켜보던 관객들 얼굴에 미소가 번져간다.

어느덧 뒤뜰에 사람이 모여들었다. 그중에는 스에히로도 있었다.

"……이거 그 녀석들 아냐……?"

스에히로의 뒤에서 밴드 멤버들이 서로를 마주 보았다. 스에히로는 비주얼과 퍼포먼스는 화려하지만, 뛰어난 가창력을 갖춘 건 아니었다.

허세를 부리듯 스에히로의 미소가 갈라진다.

"이, 이 정도 수준은 별 것도 아니……."

뜨거운 환호성이 스에히로의 말을 잘랐다.

상쾌하게 백덤블링을 마무리한 소고와 타마키에게 사람들의

시선이 고정되었다. 소고는 발레리노처럼 유연하게, 타마키는 육식계 짐승처럼 다이내믹하게 착지하고 마무리 포즈를 잡았다. 여학생들은 섹시한 두 사람의 퍼포먼스에 빠져있었다.

자기가 아닌 다른 남자에게 시선이 빼앗긴 여학생들의 주의를 끌고자, 스에히로는 목청을 높였다.

"아이돌이면 이 정도는 당연히 해내야지! 라이브는 마음이 제일……."

문득 선율이 바뀌며 애절함이 더해졌다. 섬세한 감정표현이 어우러진 야마토의 목소리였다.

긴 스토리의 마지막 장면을 숨을 참고 바라보듯, 사람들은 몇 초간의 멜로디에 담긴 감정에 마음을 빼앗긴다.

멜로디라인이 다시 쾌활해지고 빨라졌다. 정적 다음에 폭발적 환성을 끌어낸 건 미츠키의 에너제틱한 목소리와 미소, 그리고 하늘을 향해 쭉 뻗은 주먹이었다. 미츠키의 자그마한 체구는 그가 뛸 때마다 두 배 세 배 크게 보였다.

"다 같이 노래하고 즐겨보자!"

미츠키의 말에 응하듯 관객들이 팔을 들고 몸을 흔들었다.

"……! 분위기만 띄우면 되는 게 아니라고! 가수는 노래를 잘

해야지!"

지리멸렬한 소리를 쏟아내는 스에히로 앞에서 리쿠가 마이크를 입가에 가져다 댔다.

리쿠의 솔로파트다. 관객들처럼 이오리의 가슴 역시 기대로 두근거렸다.

마이크를 쥔 리쿠가 크게 숨을 들이마셨다.

그 순간 사방으로 뻗어가는 노랫소리에 모든 이들의 동작이 멎었다.

'이거야!'

이오리는 자신감 넘치게 턴을 완성했다.

노래에 빠져들었던 관객들 표정은 금세 경이의 미소로 바뀌었다. 곡이 끝날 때까지 기다리지 못하고 성대한 박수가 터졌다.

리쿠는 웃으며 듣기 편안한 음색을 뽑아냈다.

"…굉장하지 않아?! 진짜 잘 불러! 봐봐, 센터에서 노래하는 애!"

"다른 애들도 다 잘해! 춤도 멋지고! 티켓 아직 남아있을까?!"

"내일 IDOLiSH7 보러 가자!"

모두가 성원을 보내는 가운데, 스에히로는 비틀거렸다. IDOLiSH7의 웃는 얼굴을 바라보며 이를 빠득빠득 갈았다.

"웃기지 마……. 그렇게 큰소리를 쳐놨는데 이제 와서 질 순 없어! 무슨 수를 써서라도 저 녀석들보다 더 많은 관객을 모으고 말겠어!"

으르렁거리는 듯한 스에히로의 목소리를 커다란 환호성과 박수가 지워냈다. IDOLiSH7의 리허설이 끝난 것이다.

그날 IDOLiSH7의 전매 티켓은 매진되었다.

리허설에서 반응을 확인한 이오리는 그날 밤 기분이 좋았다. 상쾌한 기분으로 숙소 욕실에서 나오는데 형인 미츠키와 마주쳤다.

"이오리."

"이제 씻으려고요?"

형제지만 알몸으로 마주하는 건 부끄러워, 이오리는 잽싸게 길을 텄다. 급하게 옷을 입는 이오리를 보며 생각났다는 듯이 미츠키가 불러 세웠다.

“맞다. 내일 말인데, 리쿠한테 너무 부담주지 마.”

셔츠를 입던 이오리는 형을 바라보았다.

양말을 벗으며 미츠키는 가볍게 설교했다.

“리쿠는 지병이 있잖아. 실수하지 말라거나 제대로 노래하라고 하면 스트레스를 받을 거야. 오늘 컨디션으로 봤을 때, 내일도 분명 잘할 테니까 괜한 말은 하지 마.”

“……. 알겠어요.”

“좋아. 내일 열심히 하자!”

하이파이브를 한 후 미츠키는 웃으며 욕실 안으로 사라졌다. 젖은 머리카락에서 물이 뚝뚝 떨어지지만 이오리는 잠시 그 자리에 서있었다.

—괜한 말은 하지 마.

리쿠의 실력을 세상에 선보이겠다고 어깨에 힘이 잔뜩 들어가 있던 이오리는 당혹스러움과 허탈감을 느꼈다.

전부 리쿠를 위해 해왔다고 생각했다. 하지만 돌이켜보면 리쿠는 자신이 무슨 말을 할 때마다 부루퉁 거린다거나 입술을 삐죽였다.

‘내가 나나세 씨에게 부담을 준 건가?’

대학교 위원회실에서도 리쿠는 제대로 노래하지 않았다.

'……그것도 내가 과도하게 기대했던 탓일까?'

허무함과 씁쓸함을 느끼며 이오리는 옷을 마저 입었다.

"……알 게 뭐야. 위축되는 사람이 문제지."

작게 반발해본다. 하지만 그런 허세가 이오리의 마음을 가볍게 해주진 않았다. 머릿속에서 리쿠가 실망했다는 듯이 '귀염성 없긴.' 하고 탄식한다.

실제로 리쿠에게 핀잔을 들은 것처럼 심장이 욱신거렸다. 머리에 수건을 뒤집어쓰며 이오리는 힘없이 고개를 떨궜다.

'……귀염성 따위…….'

이오리는 총명한 아이였다. 하지만 리쿠에게 도움을 주는 법만은 알 수 없었다.

유성을 기다린다. 그의 노랫소리가 흩뿌리는 별의 파편을 마음속 깊이 기다리고 있는데.

어쩌면 밤하늘을 심술궂게 덮고 있는 먹구름은 스에히로도 아니고 리쿠의 지병도 아닌, 이오리일지도 모른다.

축제 당일. 목을 따듯하게 감싸고 충분한 수면을 취한 리쿠의 컨디션은 완벽했다.

그런 미소에 그림자가 드리운 건 이오리가 이상했기 때문이다. 매번 중요한 공연을 앞두고 있으면 이오리는 엄마처럼 잔소리를 해댔다. 평소라면 이러고도 남았다.

"나나세 씨, 실수하면 안 돼요." "흡입기는 잘 챙겼나요?" "그렇다고 너무 긴장을 풀진 마세요." "가사 틀리지 않게 조심해요." "그 동작 놓치면 안 되죠." "센터란 자각을 가지세요." "모르는 사람은 따라가지 마세요."

그런데 오늘은 아침부터 한 마디도 말을 걸지 않는다. 기분 탓인지 기운도 없어 보였다.

달표면에 착륙한 로켓 모양을 딴 장대한 아치가 걸린 정문에서 접수를 마치고 팸플릿을 받아가며 다른 멤버들과 함께 대학교 문을 통과했다.

나무 사이로 빛이 새어 들어오는 길은 방문객들로 벅적였다. 젊은 층이 많지만 아이를 데리고 나온 가족과 노부부도 보였다. 학생들은 IDOLiSH7을 돌아보고는 작은 목소리로 떠들었다.

리쿠는 조심스레 이오리에게 말을 걸었다.

“……오늘은 얌전하네. 무슨 일 있었어?”

이오리는 눈을 마주치지 않았다.

“아무 일도 없어요.”

“……. 어, 그래…….”

거절당한 기분이 들어 풀이 죽었다. 뭔가 이오리의 기분을 상하게 할 만한 짓을 했던가, 되짚어 본다. 한숨을 쉰 순간, 리쿠는 있을 수 없는 모습을 보았다.

무뚝뚝함의 의인화 같은 이오리가 싱긋 웃어 보인 것이다.

“몸을 소중히 하고, 무리하지 마세요.”

리쿠는 싸함을 느꼈다.

심장이 쿵쾅거린다. 정말로 내가 무슨 잘못을 한 게 아닐까.

“나…… 난 괜찮아. 왜 그래, 이오리…….”

“왜 그러긴요. 괜찮다니 다행이네요.”

“뭔가 이상해……. 평소처럼 해. 제대로 하라고, 실수하지 말라고 신신당부하거나, 바보 아니냐며 꾸짖거나.”

이오리는 입을 다물었다.

흘끔 시선을 보내는 이오리를 보며 리쿠는 안도하며 자세를 잡았다. 분명 이오리다운 잔소리가 시작되리라 기대하며.

심한 잔소리에 화가 날 때도 있지만, 이오리의 엄격함이 불쾌하지는 않았다. 자신이 할 역할을 상기시켜주고, 그만큼 자신을 필요로 한다는 걸 인지시켜주기 때문이다.

그러나 이오리는 상냥한 미소를 거두지 않았다.

"아니에요. 나나세 씨에게 과도한 압박감을 줄 생각 없으니까 긴장 풀어요. 혹시 무슨 일이 생겨도 우리 여섯 명이 있잖아요."

"……."

리쿠는 망연자실해졌다.

밝은 웃음소리가 가득한 길에서 망연히 우뚝 섰다. 이오리의 다정한 눈빛을 보면서 리쿠는 정체를 알 수 없는 섭섭함을 느꼈다.

그 눈빛은 텐의 부드러운 거부와 닮아있었다.

―안 돼, 리쿠.

"그게 뭐야……. 이번 공연은 다 같이 성공시키자며. 나도 열심히 할 거야."

"알아요. 그냥 너무 부담 갖지 말라는 거예요."

"평소엔 제대로 노래하라고 했으면서. 여섯이 있다는 건 또 무슨 소리야? 나도 IDOLiSH7 멤버잖아. ……내가 뭐 잘못했어?"

표정이 일그러지는 리쿠를 보며, 이오리의 눈에 당혹스러움이 서렸다.

달변가인 이오리가 할 말을 잃고 침묵에 잠겼다. 당연히 당신의 힘이 필요하죠. 당신이 꼭 있어야 해요. 목구멍까지 올라온 말을 되삼킨다.

"왜 화를 내고 그래요? 기분 풀어요."

"—됐어!"

리쿠의 고함에 앞에서 걷던 타마키가 깜짝 놀라 뒤돌았다.

"싸웠나?"

옆에 있던 소고도 파래진 얼굴로 리쿠에게 다가왔다.

"큰일이네. 리쿠 군한테 스트레스를 주면 안 되는데. 나눠 이동하자. 난 리쿠 군이랑 같이 갈 테니까 타마키 군은 이오리 군이랑 같이 와."

"알았어."

짜증스러운 발걸음으로 걸어가는 리쿠를 잡은 소고는 다정하게 미소 지었다. 타마키는 그런 두 사람 옆을 지나 이오리에게 다가갔다.

"왜 그래, 이오링? 릿 군이랑 싸웠어?"

"……."

이오리는 대답하지 않았다. 리쿠의 뒷모습이 보이지 않을 때까지 고개를 떨군 채 묵묵히 땅만 바라보았다.

IDOLiSH7의 공연은 18시부터로 예정되어 있다.

실행위원장 요코와의 미팅을 마치고, IDOLiSH7은 대기실로 안내받았다. 떠들썩한 분위기에 휩쓸려 축제 구경을 하고 싶은 멤버들에게 츠무기는 신신당부했다.

"여러분의 전단지와 포스터가 학교 곳곳에 붙어있으니까 눈에 띄지 않도록 조심해주세요. 문제가 생기면 제게 연락주시고요."

"와—! 케밥 먹으러 가자."

"빙수도."

"저는 미스 콘테스트 여성분들과 이야기 나누고 싶어요."

미츠키, 타마키, 나기가 신이 나 떠들었다. 츠무기는 미안하다는 듯 그룹 안에서 맏형 라인인 야마토와 소고를 손짓해 불렀다. 츠무기가 입을 열기 전에 둘이 고개를 끄덕이며 말했다.

"알아, 매니저."

"저 녀석들 잘 보란 거지?"

"아하하……. 죄송해요."

쓴웃음을 지으며 츠무기가 고개를 숙였다. 별 생각 없이 주위를 둘러보는데, 리쿠의 모습이 보이지 않았다.

"어라? 리쿠 씨는요?"

"인적 없는 곳에서 조금 쉬고 있겠대. 몸 관리를 하고 싶은 게 아닐까?"

"그런가요……."

소고의 말에 츠무기는 애매하게 고개를 끄덕였다. 조금 전 미팅 때에도 리쿠는 기운이 없어 보였다. 직접 얘기를 듣고 싶지만, 츠무기에게는 아직 해야 할 일이 남아있었다.

그때 멍하니 창밖을 바라보는 이오리가 눈에 들어왔다.

"이오리 씨. 리쿠 씨 혼자 있으면 걱정되니까, 가서 봐줄 수 있을까요?"

이오리는 미간을 찌푸리며 눈을 감았다.

"……제가 왜……."

"제가 지금 할 일이 남아서요. 리쿠 씨가 말수가 없던데 긴장해서 그런지도 몰라요. 어디 가려던 게 아니면 부탁 좀 해도 될까요?"

"저 말고 다른 사람이 좋을 거예요."

"왜요?"

"싸웠거든. 릿 군이랑."

대답한 사람은 이오리가 아닌 타마키였다. 츠무기는 눈을 동그랗게 떴다가 미소를 지으며 이오리의 등을 떠밀었다.

"그럼 더더욱 가야죠. 리쿠 씨를 찾아와주세요."

"잠깐……."

"부탁드릴게요."

츠무기는 이오리를 대기실 밖으로 떠밀었다. 당황해서 도로 들어가려 했지만, 여학생들의 호기심 어린 시선을 느끼며 멈칫했다.

"저기 IDOLiSH7의 이오리 아냐?"

"가까이서 보니까 사진보다 멋있다! 연하로 안 보여!"

이오리는 한숨을 쉬었다. 공연을 앞둔 지금, 다른 사람들 앞에서 소란을 피울 일이 아니다.

이오리는 학생들에게 인사를 하고, 얼굴을 가리고 대기실을 뒤로 했다.

대학교는 넓었다. 정문에서 한참 들어오면 인공 연못과 울창한 나무숲 등이 보인다.

안쪽으로 들어갈수록 축제를 즐기러 온 사람들의 떠들썩한 목소리가 사라지고, 평화로운 새소리가 그 자리를 차지했다.

리쿠는 나무숲 안쪽에 있는 체육숙소 옆 집회 창고로 향하고 있었다.

조금 전 한 여학생이 리쿠를 불러 세워 이렇게 말했기 때문이다.

"IDOLiSH7의 리쿠 씨죠? 요코가 상의할 게 있다며 리쿠 씨 혼자 집회 창고로 와달래요."

팸플릿에 실린 지도를 보며 리쿠는 한숨을 쉬었다. 바빠보이던 요코의 모습이 떠올랐다.

"무슨 일 있나……. 상의할 게 있다고 나 혼자 와달라니. 심각한 일이 아니면 좋겠는데……."

저녁 햇살에 눈이 부셔 리쿠는 눈을 가늘게 떴다. 나뭇가지

위에서는 새들이 노래하고 있었다. 무심코 세어보니 여섯 마리였다.

일곱 마리가 아니라 여섯 마리라는 게 묘하게 서운했다. 자기는 없어도 괜찮다는 말을 들은 새는 어디 있을까.

"……뭐냐고, 이오리 녀석……."

"나나세 씨!"

이오리의 목소리가 들린 것 같아서 리쿠는 뒤를 돌아봤다.

숨을 헐떡이며 다가오던 이오리가 눈을 흡떴다. 이번에는 화가 난 모양이었다. 아까는 생글거렸으면서.

"한참 찾았잖아요! 전화도 안 받고, 왜 이런 곳에……."

이오리가 일방적으로 몰아세우자 리쿠는 이마를 찌푸렸다. 휙 하고 몸을 돌려 다시 걷기 시작했다.

"요코 씨가 불러서 가는 거야. 따라오지 마. 혼자 오라고 했어."

"당신 혼자요?"

"그래."

도착한 커다란 창고에는 〈집회용 창고〉라는 목제 간판이 붙어있었다. 문이 잠겨있지 않은 걸 확인한 리쿠가 문을 열었다.

드르르륵 하는 묵직한 소리가 울렸다. 새들이 하늘로 날아갔다.

"잠깐만요, 나나세 씨. 뭔가 이상하지 않아요?"

"뭐가? —요코 씨, 있어요?"

"저기 있다. 기다리게 해서 미안해요. ……아, 이오리! 넌 나가라니까."

"누구한테 얘기하는 거예요?"

"누구라니……."

리쿠는 다시한번 눈을 꿈뻑였다. 사람 그림자로 보였던 건 더러운 인형이었다. 목에 줄이 걸려 죽은 시체처럼 늘어져 있다.

헉 하는 순간 뒤에서 드드륵 하는 묵직한 소리가 들렸다.

빛이 차단되고 창고가 어둠에 갇혔다.

"어……?"

리쿠와 이오리가 동시에 뒤를 돌아보았다. 움직임은 이오리가 빨랐다. 땅을 박차 문을 향해 달렸다.

"열어주세요!"

철컹, 하며 자물쇠가 잠기는 소리가 울렸다. 이오리는 문을 두드렸다. 쾅앙, 하는 큰 소리가 울려 퍼졌다.

"열어주세요!! 누구 없어요?! 저기요……!"

콰앙, 콰앙. 이오리가 문을 칠 때마다 창고가 흔들렸다. 하지만 문은 열리지 않고 어둠도 걷히지 않았다. 누군가가 문을 잠그고 달아난 것이다.

아마도 요코가 불렀다는 얘기도 거짓말일 것이다.

리쿠는 그제야 여기 갇혔다는 걸 깨달았다.

대기실에서는 돌아오지 않는 리쿠와 이오리 때문에 모두 의아해하고 있었다. 타코야키를 안고 들어온 미츠키가 눈을 동그랗게 뜨며 물었다.

"그 녀석들 아직도 안 왔어?"

"네. 연락도 안 되고……."

걱정스러운 기색으로 츠무기가 대답했다. 무슨 일이 생긴 게 아닐까 하는 불안감이 들었지만, 멤버들 앞이니만큼 미소를 지어보였다.

"조금 더 기다려볼게요. 여러분은 메이크업실로 먼저 가서 의상을 갈아입어주세요."

하지만 아무리 기다려도 리쿠와 이오리는 나타나지 않았다.

시간이 다 돼가자, 츠무기 역시 어쩔 수 없이 무대 뒤편으로 이동했다.

그 무렵 두 사람은 어둠 속에 있었다.

해가 져서 창고 밖도 어둠으로 가라앉았지만, 그들은 그마저 알 수 없었다. 핸드폰은 전파가 터지지 않았지만 어둠 속에서 라이트를 켜서 실내를 비추는 데는 도움이 됐다. 수많은 운동기구들이 생물처럼 꿈틀거려 보였다.

처음에 리쿠는 금방 누가 알아챌 거라 생각했다. 문을 두드리면 쾅쾅 큰 소리가 울렸다. 빨리 발견해주기를 바라며 리쿠도 같이 창고문을 두드렸다. 주먹을 내리칠수록 흙먼지가 창고를 채워갔다.

하지만 한참을 두드려도 누구도 알아채주지 않았다. 바깥 소리도 잘 들리지 않았다.

분하다는 듯이 이오리는 팔을 내렸다.

"……다들 노점이나 전시회에 가 있을 거예요. 축제가 끝날 때까지 아무도 안 올지도 몰라요."

"왜 이런 일이……."

"의심하고 싶진 않지만, 스에히로 씨 짓이겠죠. 우리가 라이브를 못하게 하고 싶은 거예요."

할 말을 잃은 리쿠가 닫힌 문을 바라보았다. 여기서 못 나가면 공연을 못 한다. 요코와 츠무기에게 반드시 성공시키겠다고 약속했는데.

"어떻게든 해야 해. 누가 알아챌 때까지 문을 두드려서……."

숨을 들이마시던 리쿠의 호흡소리가 자잘하게 떨렸다.

숨을 쉬기 어려워 리쿠는 소매로 입을 가렸다. 리쿠는 호흡기 계열 질환을 갖고 있었다. 먼지에 알레르기 반응을 일으켜, 기관지에 염증이 생긴다.

이 창고 안의 공기처럼 더러운 공기는 리쿠의 병에는 천적과 같았다.

반사적으로 이오리를 돌아봤다. 도움을 구하려는 게 아니라 몸의 이상을 들킬까 겁이 났다.

숨겨서 되는 일이 아님을, 아무것도 해결되지 않음을 알면서도.

다정하고 부드러운 텐의 목소리가 머릿속에서 울려 퍼졌다.

—안 돼, 리쿠.

그날 텐에게 버림받은 것처럼 이오리에게 버려질까 두려웠다.

“나나세 씨……?”

의아한 기색으로 리쿠의 이름을 부르는 이오리. 아차 싶은 순간 라이트가 리쿠의 얼굴을 비췄다.

고통스러워 보이는 리쿠를 본 이오리의 눈이 커다랗게 뜨였다.

이오리는 그대로 리쿠의 팔을 잡아당겼다. 리쿠의 등에 귀를 대서 천명음을 확인한다. 이오리는 굳은 얼굴로 재빨리 미니타올을 리쿠에게 건넸다.

“그걸로 입가를 누르고, 가급적 먼지가 적은 곳으로 가세요.”

“……라, 라이브는 할 수 있어…….”

“진정제는요? 흡입기는 갖고 있어요?”

수건으로 입을 가린 채 리쿠는 작게 고개를 끄덕였다. 이오리는 안도의 숨을 내쉬었다. 그것만 있다면 최악의 사태는 피할 수 있을 것이다.

하지만 환경이 달라지지 않는 한 리쿠의 증상은 악화되기만 할 것이다.

“문을 두드려서 계속 신호를 보낼 테니 나나세 씨는 떨어져 있어요.”

이오리의 말을 들은 리쿠는 필사적으로 들이마신 공기를 좁아진 기관지에 밀어 넣으며 미간을 찌푸렸다. 그래서는 이오리만 고생하게 만든다.

죄책감이 느껴졌지만 리쿠는 악화돼가는 본인의 컨디션을 자각하고 있었다. 쌕쌕거리는 천명음이 들렸고, 의식해서 숨 쉬지 않으면 숨이 쉬어지지 않았다.

콰앙, 이오리가 문을 두드렸다. 리쿠는 스스로가 한심해 몸을 웅크렸다. 천명음이 심해지자 이오리의 얼굴에 초조함이 서렸다.

"……아무도 없어요?!"

묵직한 문이 심장고동처럼 울렸다.

"누가 좀……! 도와주세요……!"

리쿠가 고통스럽게 기침을 시작했다. 제대로 호흡을 하지 못하는데 수건으로 입을 막고 있기 때문이었다. 평소의 발작보다 고통스러워 보였다.

"헉……."

견딜 수 없다는 듯이 수건을 입에서 뗀 리쿠가 숨을 들이마셨다. 목에서 쌕쌕거리는 소리가 울린다. 이오리는 문을 두드리다 말고 리쿠에게로 달려갔다.

웅크린 몸을 끌어안고 리쿠의 짐을 뒤졌다.

“흡입기를 써요.”

간신히 숨만 들이키던 리쿠는 제대로 대답도 하지 못했다. 초조함과 불안함을 감추지 못하고 이오리는 리쿠의 등을 토닥였다. 호흡이 멈추는 게 아닐까 두려웠다.

리쿠는 이오리와는 다른 공포 속에 있었다.

“……윽. ……괜찮아…….”

“무리해서 말하지 마세요.”

“……노래할 수 있어…….”

침통한 표정으로 미간을 구긴 채, 이오리는 리쿠의 입가에 흡입기를 갖다 댔다. 작은 분사음이 들렸고, 리쿠가 약을 들이마셨다.

아주 조금, 리쿠의 호흡이 가벼워진 느낌이 들었다.

“……하…….”

어둠 속에서 이오리는 리쿠의 셔츠를 잡았다. 리쿠도 손을 더듬어 이오리의 팔을 잡았다.

아무도 모르는 새벽녘 같은 조용한 세계에 두 사람의 숨소리

가 울려퍼졌다.

'이제 틀린 건가…….'

가벼운 절망감과 피로감을 느끼며, 리쿠는 눈을 감았다.

전에 이오리에게 들은 말이 있다. 당신은 IDOLiSH7의 폭탄이라는.

그럼에도 리쿠는 자신이 있을 곳을 갖고 싶었다. 마음대로 되지 않는 자신의 몸에 갑갑함을 느끼며 눈동자 안쪽이 뜨거워졌다. 이제 홀로 TV 속 텐을 보던 것처럼 홀로 TV 속 IDOLiSH7을 보게 되는 걸까.

손이 닿지 않는 별을 올려다보는 것밖에 할 수 없듯이.

"……나나세 씨……."

숙고 끝에 입을 연 이오리의 말에, 리쿠는 긴장할 수밖에 없었다. 그 뒷말을 듣는 게 겁이 나, 이오리의 팔을 쥔 손에 힘이 들어갔다.

어둠에 가려져 이오리의 얼굴이 잘 보이지 않았다.

"저는…… 당신 말대로 건방지고, 귀염성도 없어요. 이럴 때 무슨 말을 해야 하는지도 모르고요."

리쿠는 고개를 들었다. 보이지 않는 이오리에게서 어색한, 불편한 분위기가 풍겨왔다.

등에 닿은 이오리의 손은 뜨거웠다.

“당신에게는 스트레스 혹은 압박감과 다름없을지도 몰라요. 지독한 인간이라는 자각은 있어요. ……하지만 힘을 내주세요.”

이오리는 도발했다.

생각지 못한 말에 리쿠는 눈을 떴다. 등에 닿은 손처럼, 눈물이 날 것 같은 눈동자 안쪽처럼, 이오리가 내뱉는 말은 뜨거웠다.

그것은 타오르면서 우주를 가르는, 유성의 온도다.

“병은 기합으로 이겨낸다는 말도 있잖아요. 여긴 제가 어떻게든 해서 탈출해낼 테니까 나나세 씨도 어떻게든 컨디션을 추슬러주세요. 같이 노래할 수 있게요.”

“……이오리…….”

평소 차가운 이오리의 목소리에 열정이 깃들어있었다. 뜨거운 언어가 리쿠의 심장을 움켜쥐었다.

“당신의 노래를 들려주고 싶어요. ……들려주세요. 유성을 뿌려줄 거라면서요.”

거기까지 말하고 이오리는 일어섰다. 적당한 나무막대기를 쥐고 창고 문을 퍽퍽 내리쳤다.

"제발!! 누가 좀 알아채줘요!! 둔한 대학생들뿐이네요!"

리쿠의 눈에서 눈물이 흘렀다. 어두워서 다행이라고 생각했다. 무릎을 끌어안고, 이오리의 행태에 어깨를 들썩이며 울고 웃었다.

가슴 한 켠이 따듯해졌고, 거짓말처럼 괴로움이 사라졌다.

'텐 형……'

행복해 보이는 미소를 짓고, 기억 속 형을 어둠 저편으로 밀어냈다.

'함께 노래할 동료를 찾았어.'

갑자기 이오리의 움직임이 멎었다. 드드륵 하는 묵직한 소리가 울리며 창고 문이 열렸다.

"대체 무슨 일인가?"

문을 열어준 건 백발의 아저씨였다. 관리인인지 교수인지 정체는 알 수 없다. 텐션이 낮은 걸로 유명한 IDOLiSH7의 이즈미 이오리의 열렬한 포옹을 받은 인물은, 전 세계에서 다섯 손가락 안에 들 것이다.

"감사합니다, 아저씨. 사랑해요."

"뭐?"

"인사는 나중에 드릴게요. ―가요, 나나세 씨!"

"응!"

그들을 가둬둔 창고 밖 하늘에는 별이 반짝이고 있었다.

"시간이 다 됐어……."

씁쓸한 얼굴로 중얼거린 야마토는 무대에 오르기 위해 손목 시계를 풀었다.

IDOLiSH7에게 무슨 일이 생겼을 때, 그에 대한 책임을 지는 것이 리더의 역할이다. 리쿠와 이오리가 걱정됐지만, 야마토는 마음을 다잡고 멤버를 둘러봤다.

"가자."

"하지만 리쿠와 이오리가……."

미츠키가 약해진 얼굴로 야마토를 바라보았다. 다섯이 아닌 일곱이서, 다 함께 무대에 오르고 싶다. 아무도 말은 하지 않았지만 그런 마음이 모두의 가슴 속에 있었다.

그렇기 때문에 더더욱 야마토는 단호히 말했다.

“금방 올 거야. 그 녀석들이 언제 와도 되게끔 분위기를 띄워 놓자고.”

모두 눈알만 굴리는 가운데, 츠무기가 결연하게 고개를 들었다.

“앞으로 5분만, 아니 1분만 기다려요. 늦은 책임은 제가 질게요.”

“매니저……”

“일곱 명 모두를 무대에 세우는 게 제 일이니까요.”

츠무기가 싱긋 웃었다. 그때 나기가 큰 소리로 외쳤다.

“……OH! 다들 저기 보세요!”

무대 의상을 입으며 두 그림자가 달려오고 있었다.

그토록 기다렸던 리쿠와 이오리였다.

“미안! 기다렸지……?”

“리쿠 씨! 이오리 씨!”

“뭐 하다 이제 와? 걱정했잖아!”

멤버들이 리쿠와 이오리에게 달려들었다. 어깨를 두드려 맞은 리쿠도, 머리를 엉망으로 뒤섞인 이오리도 호흡을 가다듬으며 한껏 웃었다.

“나중에 얘기할게! 이래저래 일이 많았어. 그치, 이오리?”

리쿠의 시선을 맞은 이오리가 새초롬한 미소를 지었다.

“그랬죠.”

사연이 있어 보이는 두 사람을 보며 멤버들은 다시 두 사람에게 달려들었다.

“우리가 얼마나 가슴을 졸였는데!”

“맞아. 벌로 이따가 아이스크림 쏴라.”

“난 푸딩으로 사줘.”

툴툴거리던 멤버들의 얼굴에도 숨길 수 없는 안도와 기쁨이 피었다.

츠무기도 안도의 숨을 내쉬며 미소 지었다. 이제 일곱 명 모두 모인 IDOLiSH7을 무대에 올릴 수 있다. 빛나는 그들을 선보일 수 있다.

그들을 기다리는 무대를 뒤로 하며, 츠무기는 힘차게 외쳤다.

이제야 이 말을 던질 수 있다.

“그럼 IDOLiSH7 여러분, 스탠바이 해주세요!”

“IDOLiSH7입니다! 오늘 밤 이렇게 와주셔서 감사합니다!”

조명이 비추는 무대 위에서 마이크 너머로 리쿠가 외쳤다.

그에 호응하듯 객석에서 씩씩한 함성이 들려왔다. 한껏 달아오른 객석 주위를 미처 표를 구하지 못한 사람들이 에워싸고 있었다. 그 인원은 셀 수 없을 정도였다.

반짝거리는 사람들의 시선을 받으며, 이오리는 '거 봐'라며 의기양양하게 미소 지었다.

스텝을 맞추며 여유롭게 객석을 바라보는 니카이도 야마토.

객석에 손을 흔들며 부드럽게 미소 짓는 오사카 소고.

앙코르 소리를 듣고 신나서 주먹을 흔드는 이즈미 미츠키.

한껏 미모를 흩뿌리던 로쿠야 나기는 여성 관객을 향해 윙크를 날렸다.

격렬한 댄스를 선보인 요츠바 타마키는 기분 좋게 땀을 흘리며 상쾌한 밤바람을 만끽했다.

무대 뒤편에서는 츠무기가 그런 멤버들을 따스하게 바라보고 있었다.

요코와 실행위원회 위원들은 맨 앞줄에서 IDOLiSH7에게 응원을 보내고 있었다. 지금쯤 스에히로는 분해서 어쩔 줄 모르고 있을 것이다. 어떻게 일곱이 다 모인 것이냐며.

리쿠와 이오리는 무대 위에서 서로 눈을 맞추며 턴했다.

의미심장하게 미소를 나누며 튀어오르는 스텝. 밤하늘을 수놓는 손바닥.

누군가의 노랫소리가 밤하늘로 퍼졌다.

"……IDOLiSH7, 최고……!"

당연하지, 하는 마음으로 일곱 명이 웃었다.

그들의 손길 너머에 있는 눈부신 조명이 새벽을 알리는 태양처럼 빛나고 있었다.

〈END〉

IDOLiSH7

자청벽력(紫靑霹靂)

첫인상은 나쁘지 않았다.

요츠바 타마키와 오사카 소고의 만남은 벚꽃이 지고 연한 초록색 잎이 싹트기 시작할 무렵에 이루어졌다. 타카나시 프로덕션 근처의 길에서였다.

소고가 먼저 타마키를 발견했다. 한손에 지도를 들고 주변을 둘러보는 소년을 보고, 키가 큰 아이라고 생각했다. 그 다음에는 핸드폰이 아닌 지도를 보며 걷는 고풍스러운 모습에 낯섦과 동시에 호감을 느꼈다.

소년은 전신주에 있는 주소를 노려보다가 큰 거리로 나와 좌우를 살폈다. 길을 헤매고 있는 건지도 모른다. 소고의 발걸음은 절로 소년에게 향했다.

"어디 찾으세요?"

연하임을 알면서도 소고는 부드러운 존댓말을 사용하며 물었다. 소년이 소고 쪽을 휙 돌아봤다. 가까이서 본 소년은 예상보다 훨씬 키가 컸고, 박력 있는 눈빛을 지니고 있었다.

'일진일지도.'

소고는 살짝 긴장했다.

한편 타마키는 갑자기 나타난 친절한 형을 보고 속으로 감격

했다.

'오오……. 상냥해보이는 사람 발견.'

체격이 좋아도 마음은 어린 타마키는 다정한 사람을 좋아했다. 눈앞에서 온화하게 웃고 있는 소고는 그야말로 타마키가 응석을 부릴 수 있는 이상적인 인물이었다.

"여기 가고 싶은데."

타마키는 지도의 한 곳을 손가락으로 가리켰다. 그 손끝을 보며 소고가 눈을 깜빡였다가 타마키를 올려보며 싱긋 미소 지었다.

"타카나시 프로덕션? 나도 거기 가는 일이야."

"아, 정말?"

안도한 타마키도 미소를 지었다. 길을 안내해준 사람이 생긴 것도 기뻤지만, 다정해보이는 형이 다니는 연예기획사라는 걸 알게 되어 기뻤다.

타카나시 프로덕션은 연예기획사다.

눈앞에 있는 형도 연예인이거나 연예인 지망생일 게 분명했다.

'여자들이 좋아할 만한 예쁘장한 얼굴인데, 배우인가?'

'키가 크고 잘생겼네. 근육질인 걸 보면 댄서인가?'

"그럼 갈까?"

"응."

웃으며 나란히 사무실로 향하려는 순간, 걸음을 뗀 두 사람의 손가락이 맞닿았다.

"윽……."

파지직. 통증이 일자 동시에 손을 뗐다. 당혹스러움을 느낀 두 사람은 서로를 바라보았다.

계절에 어울리지 않는 정전기였다.

철 지난 계절의 변덕일까. 아니면 앞으로의 운명을 예언하는 신의 장난일까.

손가락이 맞닿은 순간 파지직 튄 정전기.

눈에 보이지 않는 파란 불꽃은 이윽고 'MEZZO"(멧조)'라고 불릴 그들 그 자체였다.

타카나시 프로덕션에서 강렬하게 데뷔시킨 MEZZO".

요츠바 타마키와 오사카 소고의 남성 듀오 아이돌은 IDOLiSH7보다 먼저 세간에 이름을 알렸다. 다이내믹하고 야

성적인 타마키. 품위 있고 우아한 소고. 그들의 대조적인 비주얼과 위태로운 섹시함은 젊은 여성을 중심으로 순식간에 인기를 모았다.

하지만 사람들이 가장 환호한 건 그들의 친밀한 분위기였다. 잡지를 펼치면 서로의 어깨를 두른 채 웃고 있는 핀업 사진이나, 형제처럼 장난치는 핀업 사진이 가득했다.

성실한 연상인 소고에게 구김살 없는 연하인 타마키가 응석을 부리며 따르는 모습에 사람들은 환호했고 그걸 더 보여주길 원했다. 사이좋은 두 사람의 이야기를 더 듣길 원했다.

하지만 두 사람은 수줍음이 많은지, 미디어를 통해서는 서로의 이야기를 하려 하지 않았다.

그럴 수밖에 없었다.

사적으로는 거의 대화를 하지 않을 만큼 타마키와 소고는 궁합이 안 맞았으므로.

"……타마키 군……."

일 때문에 방문한 관서지방의 한 호텔 트윈룸에서 소고는 망연히 타마키의 침대를 바라보았다.

소고가 다음날 준비를 하던 15분 사이, 타마키의 침대는 짐을 쏟아부은 듯이 물건으로 점철돼 있었다. 과자며, 잡지며, 벗어놓은 옷과 가져온 옷 등등. 타마키는 물건들 사이에 파묻혀서 뒹굴거리며 핸드폰 게임을 하고 있었다.

"왜? 지금 바빠."

거짓말이 아니라, 타마키의 손가락은 정말로 바쁘게 움직이고 있었다. 소고는 나오려는 한숨을 참고 타마키의 기분이 상하지 않도록 점잖게 말을 이었다.

"내일 일찍 일어나야 하니까 그만 자자. 그리고 침대 위에 이렇게 늘어놓으면 정리하는 데 시간이 걸리잖아."

"나중에 할게."

소고는 가만히 천장을 바라봤다. "나중에 할게." "지금 하려고 했어."는 타마키의 말버릇이었다.

그리고 결정타는 이거였다. "소우 잔소리 때문에 할 마음이 싹 가셨어."

결정타를 봉인하기 위해 소고는 있는 힘껏 다정하게 말을 붙였다.

"저기 타마키 군. 한꺼번에 물건을 꺼내면……."

"아, 진짜! 소우 잔소리 때문에 죽었잖아!"

"……."

두 사람의 뺨에 동시에 핏발이 섰다.

요츠바 타마키와 오사카 소고는 모든 게 정반대였다. 자유분방한 타마키는 자유를 사랑했고, 성실한 소고는 매너를 중요시했다. 타마키는 책임을 방기한 부모님 아래, 소고는 책임을 강요하는 부모님 아래서 자랐다. 찢어진 장지문을 보면 소고는 '다시 발라 붙이고 싶다'고 생각했고, 타마키는 '더 찢고 싶다'고 생각했다.

그런 두 사람이기에 마음이 맞을 리 없었다. 첫 만남 때 느꼈던 호감도는 그날부터 깎여가기만 했고, 지금에 이르렀다.

그들은 호텔 전등 하나 갖고도 싸웠다.

"타마키 군, 실내등을 꺼도 될까? 불빛이 있으면 잠을 못 자서……."

"꼬마등 없으면 안 돼."

"……꼬마등? 애들용 전등이 있어?"

"작은 전등 말이야."

"어두운 게 무서워?"

"안 무서워. 그냥 끄지 마."

어쩔 수 없이 수건을 덮고 잠들면, 죽은 사람 같아 싫다고 흔들어 깨웠다. 그래 놓고 본인은 30분 뒤면 쿨쿨 깊이 잠든다. 소고는 고개를 절레절레 저으며 실내등을 껐다.

그러나 한밤중에 눈을 뜬 타마키에게는 날벼락이 따로 없었다. 사위가 어두컴컴했고, 호텔 괴담이 생각났고, 소고의 숨소리는 들리지 않았고, 욕실에서 들려오는 물 떨어지는 소리가 불길하게 느껴졌다.

어쩔 수 없이 타마키는 소고의 침대로 파고들었다. 이런 무서운 일을 겪은 건 다 소고 때문인데, 소고는 험악한 얼굴로 도리어 화를 냈다.

"잘 들어, 타마키 군. 인간은 누구에게나 개인영역이 있어. 공간이 주어지면 저절로 자신만의 공간을 파악하는 법이라고. 레스토랑 테이블이면 반반, 시소면 오른쪽이나 왼쪽, ……트윈룸은 침대 하나씩!"

"소우가 불을 끄니까 그렇지!"

"남의 침대에 기어들어 와서 과자 먹지 마!"

"소우가 불을 끄니까 그렇잖아!"

상냥하게 생겼지만 소고는 차가운 남자였다. 겁에 질린 자신

을 두고 옆 침대에 누워버린다. 한편 소고는 대낮처럼 밝은 실내에서 이불을 머리까지 뒤집어 쓴 채 원망스럽게 중얼거렸다.

"……과자 부스러기 때문에 침대가 바스락거려……."

토라진 타마키는 소고의 불만을 무시하고는 소리를 키워 핸드폰 게임을 계속했다.

이렇게 맞지 않는 두 사람 사이가 좋다는 오해를 받은 건 MEZZO"의 데뷔 싱글 뮤직 비디오 때문이었다.

MEZZO"의 MV를 찍을 때 지시를 내린 건, 다름 아닌 IDOLiSH7의 어둠의 주역 이즈미 이오리였다.

"MEZZO"의 데뷔가 IDOLiSH7보다 앞서게 된 건 제 책임입니다. 그 두 사람에게 부족함이 없도록 책임지고 밀어줄 생각입니다."

어떤 사건 때문에 이오리는 그들의 데뷔에 부채감을 느끼고 있었다. 이오리는 자신의 말에 책임을 지고 밤새 조사한 후, 근 몇 년간 남성 듀오의 인기 경향이나 판매 동향 등을 분석해, 그 결과를 매니저인 츠무기에게 전달했다.

"현재 남성 2인조 톱 아이돌은 'Re:vale(리바레)'. 공적으로

나 사적으로나 사이가 좋기로 유명한 그룹이에요. 살벌한 시대다 보니 유대감이 느껴지는 온화한 유닛을 더 좋아하고 잘 받아들이는 거겠죠. 오사카 씨랑 요츠바 씨는 비주얼부터 정반대지만, 그렇기 때문에 친해보이는 그림이 잘 먹힐 거예요."

그렇게 MEZZO"의 뮤비 방향성이 정해졌다.

그때의 일을 타마키, 소고 둘 다 잘 기억하고 있었다.

MV를 촬영하는 시내 스튜디오 안에는 그곳에 모인 프로들이 만들어내는 기분 좋은 긴장감이 가득했다. 카메라맨이나 스튜디오 스태프들이 쉴 새 없이 움직였고, 감독은 조명 담당과 심혈을 기울여 회의를 계속하고 있다. 스타일리스트는 진지한 표정으로 두 사람의 의상에 주름 하나 생기는 걸 허락하지 않았다.

다른 때라면 매니저가 동행했을 테지만, 매니저도 다망했기에 함께 올 수 없었다. 이 부분은 타마키와 소고 둘 다 합의한 부분이기도 했다. MEZZO"는 둘이 알아서 할 테니 매니저는 일곱 명의 데뷔를 위한 영업에 힘을 써달라고.

동료들을 데뷔시키기 위해, IDOLiSH7의 이름으로 일곱 명이 활동하기 위해, 지금 자신들이 할 수 있는 일은 뭐든 해내

겠다고.

"우선 마주서서 서로를 바라봐."

감독의 지시에 따라 타마키와 소고는 서로를 바라봤다. 위화감이 느껴진 건 이쯤부터였다.

다툴 때 말고는 서로를 마주보고 눈을 맞추는 일이란 거의 없다.

'왠지…….'

'……기분이 이상해…….'

곤혹스러움을 느꼈지만, 타마키는 소고를 내려봤고 소고는 타마키를 올려봤다. 웃음이 터질 것 같은, 그러면서 눈을 돌리고 싶어지는 기묘한 긴장감이 고조됐다.

"좀 더 가까이 붙어볼까? 코끝이 닿을 정도로."

타마키와 소고의 몸이 뻣뻣해졌다.

당황스러웠지만 조금씩 몸을 붙였다. 숨이 닿을 듯한 거리에 이르자 뺨이 굳었다.

"자자, 긴장 풀고!"

'어떻게요?'

동공에 지진이 났지만, 두 사람은 서로를 마주봤다. 그런 두 사람이 마음의 준비를 하기도 전에 감독의 지시가 떨어졌다.

"그럼 돌아가며 서로의 얼굴을 만져볼까?"

헉 하며 소고가 뒤를 돌아보았다.

"얼굴을요?"

"그래. 먼저 소고부터. 오른손을 살짝 타마키의 뺨에 대볼까?"

두 사람은 머릿속이 새하얘졌다. 동요한 나머지 타마키의 입에서 헛웃음이 터졌다.

타마키는 감독을 돌아보며 가볍게 손을 내저었다.

"아하하……. 이건 아니지. 감독님이 오해했나 본데, 우린 그렇게 친하지 않아."

타마키의 돌발 행동에 소고는 퍼뜩 정신이 들었다.

"아, 안 돼. 타마키 군."

"사실이잖아."

"감독님, 죄송한데 잠깐만 시간을 주실 수 있나요?"

감독에게 고개를 숙여 허락을 얻은 다음, 소고는 스튜디오 구석으로 타마키를 끌고 갔다. 의아해 하는 스태프의 시선을 받으며 소고는 타마키를 마주했다.

“왜 그래, 소우.”

“타마키 군. 이건 일이야. 싫어도 꾹 참고 감독님 지시에 따라야 해.”

그 말에 타마키는 울컥 했다. 싫어도 참으라니, 꼭 내가 소우를 엄청 싫어하는 것 같잖아.

그건 아닌데. 그런 거 아닌데. 말로 표현할 수 없는 갑갑함 때문에 타마키는 기분이 저조해졌다.

“소우도 얼굴이 굳었으면서. 싫은 건 소우 아니야?”

소고는 미간을 찌푸렸다. 싫은 게 아니다. 그런 게 아닌데 타마키는 매번 비난조로 말한다.

건조한 바람으로 인해 마찰이 일어나듯이, 두 사람은 보이지 않는 전기를 느꼈다. 파지직 튀는 불규칙한 푸른 빛이 불협화음을 자아냈다.

“좀 놀랐을 뿐이야. 이제부턴 잘할게.”

“감독이 시키는 대로 할 필요 없잖아. 우린 얼굴을 만져본 적도 없는데.”

“없지만 이건 촬영이잖아.”

“촬영이면 가능해? 그건 진짜가 아니잖아.”

“배우들도 진짜 연인이 아니어도 키스하잖아. 이것도 마찬가지야. 평소의 우리가 아니어도 돼. 그 노래에는 이런 분위기의 영상이 어울린다고 감독님이 판단하신 거니까.”

타마키는 더 크게 불만을 느꼈다.

원래 스킨십을 싫어하지 않는 타마키였다. 야마토를 뒤에서 껴안기도 하고, 미츠키의 머리를 쓰다듬기도 하고, 리쿠가 잠든 얼굴을 매만지기도 한다. 키가 큰 나기를 놀래키려고 점프해서 달려들기도 한다. 화낼 걸 알면서도 앉아서 책을 읽는 이오리의 무릎에 얼굴을 들이민 적이 있을 정도다.

하지만 소고에게는 하지 못했다. 손을 뻗다가 주저하게 된다.

파직, 하고 튀는 정전기가 두려운 것처럼.

입술을 삐죽이는 타마키에게 소고는 진지한 얼굴로 당부했다.

“모두를 위해서 열심히 하자.”

그 한 마디에 타마키는 마지못해 고개를 끄덕였다.

감독에게 사과하고 촬영이 재개됐다. 눈부신 조명 아래, 또다시 말도 안 되는 거리에서 서로를 마주한다.

“그럼 잘 부탁드립니다!”

'으아아…….'

속으로 비명을 질렀지만 두 사람은 서로를 마주보고 얼굴을 붙였다. 온몸에 기묘한 긴장감이 피어올랐다. 소고의 눈. 타마키의 눈. 이런 거리에 있을 리가 없는데 이런 거리에 있다는 위화감.

초등학교 시절의 체육 수업 같았다. 이름도 모르는 아이와 한 조가 되어 단체체조를 해야 했던 체육 수업. 새파란 하늘 아래 물구나무 선 다리를 잡기도 하고, 잡아주기도 하며.

그때보다 더 당혹스러운 건 왜일까? 어른이 되었기 때문일까? 아니면 평소에 사이가 안 좋아서?

감독의 지시에 따라 소고가 타마키를 향해 손을 뻗었다.

손바닥이 뺨에 닿은 순간, 파직 하는 정전기보다 격한 충격이 느껴졌다.

'흐아악…….'

민망함과 긴장감으로 인해 타마키의 목이 저절로 숙여졌다. 소고도 비명을 삼키듯 입을 꾹 닫았다.

캠프파이어 때 커플댄스를 하기 위해 여자애들과 손을 잡을 때 느꼈던 두근거림과는 다르다. 좀 더 아슬아슬하고, 배 안쪽

에서부터 무언가 꿈틀거리는 느낌. 이런 게 연예계 일인 걸까?

“그럼 이번엔 등을 맞대고 서볼까?”

“얼굴을 더 가까이. 뺨을 맞대는 느낌으로.”

“타마키, 뒤에서 안 듯이 소고한테 팔을 둘러봐.”

휙휙 내던지는 감독의 호쾌한 지시를 프로로서, 아이돌로서 충실히 이행하는 두 사람. 맞닿은 등에서 느껴지는 온기라든가, 상대의 머리카락이 닿는 감촉 때문에 움찔거리면서도 카메라를 똑바로 쳐다보는 걸 잊지 않았다.

그럴 때마다 온몸을 파직거리며 달리는 기묘한 전기가 세져만 갔다.

형제처럼 손발을 맞추고 서로에게 미소를 지으며, 두 사람은 진지하게 똑같은 생각을 하고 있었다.

‘……이 MV, 괜찮을까……?’

두 사람의 걱정과 달리, 완성된 MEZZO”의 MV는 각계에서 호평을 받았다.

근육질에 큰 체격을 지닌, 무뚝뚝한 표정의 요츠바 타마키.

섬세하게 잘 생긴 이목구비에, 가녀린 분위기를 두른 오사카 소고.

두 사람의 어색한 미소와 거리감은 아슬아슬한 섹시함을 자아내어 화면을 점령했다. 서로 다른 스타일임을 한눈에 알 수 있는 두 사람이 다정하게 밀착하는 그림은 이오리의 노림수대로 대중들의 흥미와 호기심을 불러 일으켰다.

무엇보다 두 사람의 음색이 꼭 두 사람을 위해 만들어진 노래처럼 아름답게 하나로 섞였다.

그 결과 이런 오해가 생겼다.

—MEZZO" 두 사람은 엄청 사이가 좋은가 봐!

"MEZZO"가 나온 잡지 인터뷰 봤어? 소고가 같이 영화 보러간 멤버는 분명 타마키겠지?"

"타마키가 자주 가서 잔다는 멤버 방은 당연히 소고 방이겠지? 민망해하며 이름은 안 밝혔지만!"

둘이 어떤 답을 하든 팬들은 그렇게 받아들였다. MV처럼 사적으로도 친근하게 얽혀서 놀 거라고.

'……전혀 아닌데…….'

소고는 전철 안에서 한숨을 내쉬었다. 소고 옆자리에는 타마키가 소고의 어깨에 기대 잠들어 있었다. 소고는 타마키의 얼

굴이 들키지 않도록 타마키가 쓰고 있던 모자를 푹 내렸다.

타카나시 프로덕션은 규모가 작은 회사였기에 회사 차가 한 대밖에 없었다. 그래서 MEZZO"는 대부분 전철을 타고 이동했다.

주위 사람들에게 들키지 않게 잡지로 얼굴을 가리며, 소고는 계속해서 기사를 읽었다.

타마키에게 던져진 질문은 이랬다.

—소고 씨의 어디가 좋은가요?

—소고 씨랑 같이 가고 싶은 곳이 있다면?

—소고 씨와의 추억을 얘기해주세요.

'타마키 군에게도 이런 질문만 들어오는구나…….'

팬들만 그들 사이를 오해하는 게 아니었다. 모든 잡지 취재는 그들이 친하다는 걸 전제로 했다.

그 중에서 한 질문에 대한 타마키의 답변에 소고의 눈길이 머물렀다. 소고 씨의 어디가 좋은가요, 하는 질문이었다.

—꼼꼼하고 야무진 면.

'…… 순 거짓말.'

미간을 찌푸리며 소고는 잠든 타마키를 슬쩍 노려봤다. 이건 싫어하는 점인데. 타마키는 항상 툴툴댔다. 잔소리 많고 시끄럽다고.

잡지를 덮고 눈을 감았다. 가정환경이 좋았던 소고는 어렸을 때부터 다른 사람에게 민폐를 끼치지 말고, 부끄러운 행동은 하지 말라고 단단히 주의를 받으며 자랐다. 그런 소고에게 있어서 자유분방한 타마키는 침입자나 다름없었다.

나쁜 애는 아니다. 속정이 많고 착한 아이란 걸 안다. 컨디션이 안 좋으면 배려해주고, 침울해하는 멤버가 있으면 나서서 위로해줄 줄 아는 생각이 깊은 아이다. 단지…….

'그냥 내가 불편한 거겠지.'

그렇게 생각하니 가슴이 욱신거렸다. 살짝 눈을 떠 천진하게 잠이 든 타마키의 얼굴을 바라보았다. 아직 어린 티가 가시지 않은 얼굴을 보고 있자니, 기사 내용에 미안함 마저 들었다. 그와 잘 맞지 않는 자기 때문에 솔직한 타마키한테 거짓말을 하게 했다.

'그렇다고 사실대로 기사가 나면 곤란하긴 해…….'

피곤이 몰려와 소고도 깜빡 잠이 들었다.

덜컹덜컹 열차가 흔들리며 타마키가 썼던 모자가 무릎으로

떨어졌다. 흔들리던 몸이 기울어지면서 타마키의 몸이 소고에게 확 기울었다. 깊이 잠든 소고는 잠깐 눈살을 찌푸렸을 뿐, 입을 벌린 채 타마키에게 기대 잠든 상태였다.

몇 분 뒤, 푹 자는 두 사람 주위를 여고생들이 에워쌌다. 작은 소리로 꺅꺅거리며 서로에게 기대 잠든 신인 아이돌의 얼굴을 핸드폰에 담았다.

사진이 인터넷상에 퍼지며 큰 화제가 되었다. 이런 코멘트와 함께.

—역시 MEZZO" 두 사람은 엄청 사이가 좋은가 봐!

언뜻 보면 MEZZO"의 트러블메이커는 타마키일 것이다.

하지만 타마키도 타마키 나름의 고충이 있었다. 자유분방하게 살아온 타마키에게 집단 행동, 그룹의 한 멤버라는 책임감, 시간 엄수 등은 접시 한 구석에 치워둔 콩처럼 절대, 절대 먹고 싶지 않은 부류였다.

"타마키, 다 먹기 전에는 밖에서 못 놀 줄 알아."

소고는 아동보육시설에 있던 엄격한 선생님을 떠올리게 했다. 다른 사람에게는 생글생글 웃으며 대하면서 자신에게는 눈을 부릅뜨며 야단만 치던 생생님.

"친구에게 주면 안 돼. 몰래 종이에 싸서 버려도 안 되고. 알겠니? 그건 타마키가 먹어야 하는 거야."

타마키는 이해할 수 없었다. 먹을 수 있는 사람이 먹으면 되잖아. 대신 내가 잘 먹는 건 누가 버린 껌이라도 먹어줄 수 있는데.

"왜 이해를 못하니?"

내가 할 말이야. 왜 이해를 못 하지?

다정하게 대해주면, 나도 다정하게 돌려줄 수 있는데.

"……듣고 있어? 타마키 군."

"안 들었어."

숙소 식당에서 타마키는 솔직하게 대답했다. 그날은 촬영에 크게 지각한 탓에 소고에게 30분 가까이 혼나고 있었다.

냉담한 타마키의 대답에 소고의 얼굴에서 미소가 사라졌고, 그걸 지켜보던 멤버들도 얼어붙었다. 타마키는 우울한 기분으로 팔을 괸 채, 테이블 위에 있는 물방울을 휘젓고 있었다.

'빨리 안 끝나나…….'

혼나던 타마키는 빨리 끝나기만을 기다렸다. 창밖에서 비 오

는 소리가 들린다. 빗소리도, 소고의 잔소리도 타마키의 기분을 가라앉게 했다.

타마키는 계속 혼자 살아왔다. 친절한 어른이 있을 때는 응석을 부릴 수 있지만, 계속 곁에 있어주지 않으리란 걸 알았다. 그래서 기댈 수 있을 때만 응석을 부리는 버릇이 생겼다.

혼날 때도 마찬가지다. 그 자리에서 야단치면 끝이지, 10년 뒤까지 같이 있어주는 게 아니다. 타마키가 열심히 노력해서 인정받으려 해도, 그때 가면 아무도 없다. 그러니 설교 시간은 묵묵히 견디면 되는 시간일 뿐이었다.

타마키는 사람을 좋아하지만 혼자인 것에 너무 익숙해져 있었다.

"타마키, 태도가 그게 뭐야."

자리에서 일어나 한 마디 던진 건, 소고를 형처럼 따르는 리쿠였다. 소고는 그 순간 딱딱했던 표정을 풀고 리쿠에게 미소를 지어보였다.

"괜찮아, 리쿠 군."

"그래도……."

부드럽고 달콤한 목소리. 타마키는 그게 또 거슬렸다.

얼굴을 구기며 다정한 소고의 얼굴을 흘끔댔다.

'뭐야, 릿 군한테는 잘해주면서 나한테는 화만 내고. 결국…….'

소우는 내가 싫은 거야.

속으로 그 말을 내뱉자 가슴이 욱신거렸다. 스멀스멀 외로움이 올라와 눈을 감았다. 외로운 감정은 괴로웠기 때문에 타마키는 외로움을 자각하기 전에 짜증으로 대처했다.

흥, 하고 고개를 돌리는 타마키.

창문 너머로 보이는 비 오는 하늘을 파란 섬광이 갈랐다.

"그렇게 내가 싫으면 딴 녀석이랑 하면 되잖아."

번개가 내리치는 실내에서 소고가 눈을 동그랗게 떴다.

진심으로 그렇게 생각한 건 아니었다. 성실한 성격의 소고가 MEZZO"의 해산 따위 선택하지 못하리라는 걸 알기에 내뱉은 말이었다.

왕처럼 고개를 한껏 젖히고 다리를 꼬았다. 스타일 좋은 타마키의 불손한 포즈는 타마키 생각 이상으로 잘 먹힌다.

기에 눌린 것처럼 소고가 입을 다물었다.

내가 더 위야. 겁먹은 소고를 본 타마키의 입가에 승리의 미

소가 걸렸다. 그러자 지금까지 지켜만 보던 야마토의 어깨가 들썩이기 시작했다.

"정말 타마는 어리다니까."

타마키는 울컥했다. 그런데 미츠키까지 테이블 너머로 몸을 내밀며 타마키를 타이르러 들었다.

"소고는 그런 얘기를 하는 게 아니잖아. 좀 진지하게 들어. 조만간 데뷔해야 하는 우리를 위해서라도."

미츠키의 말에는 진심이 담겨있었다. 동갑인 이오리마저 곤란한 기색으로 타마키를 노려보고 있었다.

"맞아요, 요츠바 씨. IDOLiSH7이 데뷔도 하기 전에 타카나시 프로덕션 소속 아이돌이 시간 약속을 안 지킨다는 소문이 나서는 곤란해요."

줄줄이 한 마디씩 해오자 타마키의 얼굴은 더 찌그러졌다. 나쁜 놈이 된 것 같아서 싫었다. 그게 아닌데. 그런 게 아닌데.

뭐라고 반박하고 싶은 마음에 두뇌를 거치기도 전에 말이 튀어나왔다.

"알 게 뭐야. 그건 데뷔 못 한 사람들 잘못이지."

일대가 고요해졌다.

고통을 동반한 정적을 깨닫고, 타마키는 헉 하고 숨을 삼켰다.

'이런.'

말이 지나쳤다.

반성하는 얼굴로 고개를 들었을 때에는 지독한 재난을 겪은 뒤처럼 모두 상처 입은 표정을 하고 있었다. 리쿠도 미츠키도 할 말을 잃었다. 이오리는 표정을 읽을 수 없을 만큼 고개를 깊이 숙이고 있었다.

일곱 명이 함께 데뷔하고 싶다.

그때 나눴던 동료들의 바람은 가슴이 저릴 만큼 잘 알고 있는데.

"아……. 아니 난……."

더듬거리는 타마키의 입을 긴 손가락이 가로막았다.

나기였다. 보석처럼 빛나는 눈동자를 가늘게 뜨고 주문 같은 말을 속삭였다.

"Out of the mouth comes evil(입은 재앙의 근원)."

모르는 언어 때문에 푸른 눈동자의 나기가 화가 났는지 웃고 있는지 알 수 없었다. 마치 모르는 사람 같았다.

"……뭐?"

불안해져서 나기에게 물어봤을 때, 시야 끝에 움직이는 소고가 잡혔다. 상의를 걸치고 비가 내리는 밖으로 나가려 하고 있었다.

리쿠가 깜짝 놀라 소고의 팔을 잡았다.

"어디 가요?"

"내가 가서 사과하고 올게. 타마키 군이 같이 가줬으면 했지만, 자기가 지각한 걸 멤버 탓으로 돌리는 태도라면 진정한 사과는 못 할 테니까."

엄격한 발언에 조심스레 소고를 쳐다보는데, 소고는 지금까지 본 적 없는 표정을 하고 있었다.

모멸감을 담은 눈으로 차갑게, 타마키를 꿰뚫 듯이 바라보고 있었다.

파지직 타오르는 푸른 전기를 두른 눈빛이었다.

타마키는 꼼짝도 할 수 없었다.

쾅, 하고 문이 닫혔다.

고요해진 실내를 빗소리와 천둥소리가 채웠다. 위가 꽉 조이는 느낌이 들며 심장이 벌렁거렸다.

입술을 꽉 다문 타마키가 힘없이 고개를 떨궜을 때, 동료들이 일제히 움직였다.

"바보!"

"정말이지!"

"얼른 가."

"고고고!"

미츠키가 머리를 쳤고, 리쿠가 팔을 잡아당겼다. 야마토는 꾹 찔러왔고, 나기는 등을 떠밀었다. 그리고 한 템포 늦게 이오리가 고개를 갸웃하고 한 마디 던졌다.

"우산 잊지 말고요."

타마키는 순순히 고개를 끄덕이고 급히 자리에서 일어나, 우산을 쥐고 서둘러 숙소를 뛰쳐나갔다.

하지만 나간 줄 알았는데 바로 돌아왔다. 벌컥, 하고 힘차게 문을 열고 의아해하는 멤버들에게 고개를 숙였다.

"미안해……."

동료들은 웃으며 손을 흔들어줬다. 빨리 다녀오라고 내쫓듯이. 괜찮다고 머리를 쓰다듬듯이.

SHOSETSU IDOLISH SEVEN RYUSEI NI INORU

눈에 보이지 않는 하늘 높은 곳에서 얼음 입자가 부딪힌다.

부딪히고, 깨지고, 파지직 전기를 두르고, 부풀어 간다. 축적된 전기는 일정량을 넘어서면 엄청난 속도로 떨어진다. 구름 위로. 혹은 땅으로.

벼락을 동반한 비가 내리는 도시는 쓸데없이 드라마틱했고, 그 속을 뛰어가는 소년의 모습은 굉장히 눈에 띄었다.

키가 크고 잘생긴 외모는 안 그래도 눈에 띄는데 그는 심지어 화제의 신인 아이돌 MEZZO" 중 한 명이기까지 했다.

타마키는 사람들 시선에도 아랑곳하지 않고 무지개빛으로 번진 네온사인이 비추는 거리를 전력으로 질주했다.

"저 사람, 요츠바 타마키 아니야?"

"왜, 그 사이좋기로 유명한 MEZZO"의……."

새까만 하늘에서 번쩍이는 번개는 시원스러울 만큼 푸르고 눈부셨다. 지상의 그 어떤 빛보다 강하고 격렬했고, 어둠에 균열을 만들었다.

교차로에서 우산을 쓴 소고의 뒷모습을 발견했다. 번개와 똑같은 색으로 신호가 바뀌자 사람들이 횡단보도 위를 걷기 시작했다.

타마키는 가녀린 어깨를 향해 손을 뻗었다.

파지직, 하고 크게 튕길 정전기의 충격을 각오하고.

"소우!"

어깨를 잡히자 소고가 뒤를 돌아보았다.

격렬한 기세에 두 사람의 우산이 맞부딪히면서 날아갔다.

순간, 크게 눈을 뜬 소고의 뺨이, 숨이 찬 타마키의 옆모습이 선명한 청색으로 물들었다.

충격은 정전기 정도가 아니었다. 새파란 섬광이 거리를 밝혔고, 엄청난 천둥소리가 교차로를 강타했다. 우산은 강풍에 날려 눈 깜짝할 새에 사라졌다.

낙뢰에 몸을 움츠리고 귀를 막으면서도, 사람들은 횡단보도 위의 두 사람에게서 시선을 떼지 못했다.

어깨를 잡혀 멈춘, 아름다운 청년의 얼굴에 비가 쏟아진다.

"……어? 저 사람, MEZZO"의 오사카 소고 맞지?"

영화의 한 장면 같은 세계에서, 번개가 위험스러울 만큼 격해져갔다. 빛을 발함과 동시에 굉음이 울린다. 타마키조차도 번개의 빛과 천둥소리의 관계를 알고 있었다. 반짝 빛나고 바로 소리가 들리면 뇌운이 가까이 있다는 얘기.

그러니 지금 딱 자신들 머리 위에 뇌운이 있다는 얘기다.

번쩍. 콰과광. 뼛속까지 전율시키는 번개에 공포를 느낀 사람들은 재빨리 지붕 아래로 이동했다. 비도 양동이를 뒤엎은 것 같은 폭우로 바뀌어 있다. 그럼에도 사람들은 핸드폰을 손에 든 채 그 자리를 떠나지 않았다. 이 신인 아이돌의 기묘한 분위기가 궁금했기 때문이었다.

"싸우는 걸까……?"

"설마. 사이가 엄청 좋기로 유명하잖아, MEZZO"는……."

대중들이 불안해하며 지켜보고 있다는 것도 모른 채, 푸른 어둠과 섬광 아래에서 타마키는 소고를 바라보고 있었다.

소고는 가만히 타마키의 시선을 받았다. 소고의 눈에서는 모멸감이 비에 씻긴 것처럼 사라져 있었다. 그저 조용히 타마키의 말을 기다릴 뿐이었다.

"저기……."

비에 젖은 입술을 열며 타마키는 주먹을 꽉 쥐었다.

드라마의 마지막 화와 같은 긴장감에 주위 사람들도 숨을 삼켰다. 신호가 빨간색으로 바뀌었으나, 운전자들도 마른 침을 삼키며 횡단보도 위의 두 사람을 지켜보고 있었다. 눈을 돌리지만 않으면, 이 드라마에 분위기 깨는 광고가 끼어들 일은 없다.

타마키는 천천히 심호흡을 하고 허리를 훅 숙였다.

흠뻑 젖은 타마키의 머리카락에서 물방울이 반짝이며 사방으로 튀었다.

“미안! 미안해! 내가 잘못했어. 나도 같이 사과하러 가게 해줘.”

소고는 바로 대답하지 않았다. 긴장해서 굳은 타마키의 머리 위로 푸른 용이 뇌운 속에서 춤을 추고 있었다.

소고는 한숨을 한 번 내쉬고, 부드럽게 물었다.

“멤버들한텐 사과했어?”

“했어. ……사과했어.”

“다시는 그런 말을 하지 않겠다고 약속할 수 있어?”

“있어.”

“절대?”

“절대 안 할게.”

거짓 없는 결연한 대답에, 소고는 쓴웃음을 지었다.

“알았어. ……화해하자.”

타마키는 자신에게 다가오는 소고의 손바닥을 바라보았다.

젖은 손을 뻗어, 어색하게 소고의 손을 잡았다.

파직, 하는 통증은 없었다. 조별 체조에서 모르는 상대의 발목을 잡는 것 같은 위화감도.

신기하게 생각하고 있는데, 갑자기 소고가 타마키의 뺨을 만졌다. 깜짝 놀라긴 했지만 찌릿한 아픔은 없었다.

"다행이다. 우는 줄 알았어. 나도 말을 심하게 했잖아……. 빗방울이 눈물로 보였나봐."

웃으며 타마키의 뺨을 슥슥 문질렀다. 주위에서 일제히 플래시가 터졌으나 번개와 뒤섞여 두 사람은 깨닫지 못했다.

다정한 손길에 가슴이 따듯해지는 것을 느끼며, 타마키는 다시 한번 진심으로 사과했다.

"미안해."

소고는 처음 만났을 때와 같은 다정한 미소를 짓고 있었다. 그렇구나, 하고 타마키는 깨달았다. 자기가 착하게 굴면 그도 다정해지는 거였다.

"이제 됐어. 우리 둘 다 많이 젖었으니까 일단 사무실로 돌아가자."

“응……. 아, 내 우산.”

“다행이네. 근데 내 우산은 어디 갔을까? 어두워서 잘 안 보여…….”

“같이 쓰자. 나 때문에 날아갔으니까.”

“그럴까?”

“응.”

타마키는 기분 좋게 고개를 끄덕였다. 한 우산을 쓰고 걸어가는 두 사람에게 플래시 세례가 쏟아졌다.

사무실까지 가는 몇 백 미터 안 되는 거리를 걷는 와중에, 사과하러 가는 마음가짐을 논하다가 말다툼이 시작되고 파직거리는 공기를 되찾게 되지만, 현장을 지켰던 사람들은 모르는 일이었다.

그들이 본 건 그들이 알던 대로 사이좋은 두 사람일 뿐.

몇 시간 뒤, 뇌우 속에서 서로를 바라보는 투샷, 서로의 뺨을 어루만지는 투샷, 한 우산을 쓰고 걸어가는 투샷이 SNS에 올라왔다. 하트로 점철된 이런 코멘트와 함께.

—역시 MEZZO” 두 사람은 엄청 엄청 사이가 좋은가 봐!

〈END〉

에어컨과 팬티

그건 후덥지근한 한여름 밤의 일이었다.

역에서 한참을 걸어 들어가면 한때 중소기업의 사택이었던 오래된 건물이 나온다. 현재 타카나시 프로덕션이 빌려서 소속 아티스트의 숙소로 쓰고 있는 곳이다.

IDOLiSH7의 일곱 멤버도 이 숙소에서 지내고 있었다. 공용 식당과 공용 욕실을 사용해야 하는 좁은 곳이긴 했으나, 그래서 가정적인 시끌벅적함을 만들어냈다.

그런데 오늘은 평소보다 숙소가 조용했다. 현역 고등학생인 이오리와 타마키가 수학여행을 가고, 소고와 매니저인 츠무기는 컨디션이 좋지 않은 리쿠를 데리고 병원에 가 있기 때문이었다.

지금 숙소에 남아있는 멤버는 니카이도 야마토와 이즈미 미츠키, 그리고 로쿠야 나기가 전부였다.

테이블에는 직원인 오오가미 반리가 먹으라고 준 비파가 놓여있었고, TV 화면에서는 나기가 심취해있는 애니메이션 〈마법소녀 매지컬★코코나〉 제1기 8화 '수수께끼의 괴한을 조심?!'이 재생되고 있었다. 나기 덕분에 질릴 정도로 DVD를 본 미츠키는 캐릭터가 등장하면 그 캐릭터의 대사를 읊을 수 있을 정

도다.

밤길을 걷는 여주인공 코코나의 뒤를, 검은 코트에 검은 모자, 선글라스에 마스크까지 착용한 남자가 따라온다. 가로등 불빛 아래를 지나는 여주인공을 향해 뚜벅뚜벅 다가가는 발소리. 코코나의 뒤에서 뻗어오는 손. 그리고 뒤돌아본 코코나가 비명을 지른다.

꺄악—!

"……괜찮을까, 리쿠……."

팔을 낀 채, 미츠키가 툭 하고 말을 내뱉었다. 리쿠는 조금 전까지 다 같이 웃기는 영상을 보고 있었다. 그러면서 떼굴떼굴 웃다가 너무 웃은 나머지 발작을 일으키고 말았다. 당사자는 흔히 있는 일이니 괜찮다고 했지만, 소고와 츠무기가 걱정된다며 병원에 데려간 것이다.

"매니저랑 소우가 같이 갔으니 괜찮을 거야."

부엌에서 냉차를 따르던 야마토가 웃으며 대꾸했다. 걱정이 많은 소고와 츠무기니만큼, 앞으로 리쿠는 코미디 프로그램을 못 보게 될지도 모르겠다는 생각을 하면서.

어린아이처럼 멍하니 TV를 바라보던 나기가 휙 하고 두 사람을 돌아보고 물었다.

"OH, 리쿠를 위해 에어컨을 꺼둘까요? 몸이 너무 차면 안 된다고 들었어요."

에어컨을 틀어둔 숙소는 서늘할 정도로 시원했다. 흘끔 시계를 확인한 야마토가 고개를 끄덕였다.

"그래. 벌써 9시가 넘었으니까 바깥도 시원해졌을 거야."

"OK."

나기는 리모컨을 들어 에어컨을 끄고, DVD를 일시정지한 뒤 의자에서 일어났다. 낮부터 커튼을 치고 닫아두었던 거실 유리문을 열었다.

그 순간 나기의 동작이 멈췄다.

건물을 둘러싼 조경나무 너머로 이쪽을 보고 있는 사람이 있었는데, 유리문을 연 순간 사라져버린 것이다.

"왜 그래?"

미츠키가 묻자, 나기가 미츠키를 돌아보며 대답했다.

"누군가 있었어요."

"누군가라니?"

"누군가요. 썸바디. 우리를 보고 있었어요."

열어놓은 유리문으로 미적지근한 바람이 들어왔다.

왠지 모를 섬뜩함을 느끼며, 미츠키는 괴었던 팔을 내리고 고개를 들었다. 하지만 귀를 기울여봐도 벌레 울음소리밖에 들려오지 않았다.

냉차를 가져온 야마토는 아무렇지도 않게 의자에 앉으며 차를 홀짝였다.

"아아, 팬인가? 전에도 사진 찍는 여자애들을 봤는데."

"진짜? 우리 숙소 위치까지 알아?"

깜짝 놀라 뒤돌아보는 미츠키를 향해, 야마토는 어깨를 으쓱해 보였다.

"당연히 알겠지. 정보화 사회인데. 인터넷에 검색해봐. 사진이 올라와있을지도 몰라."

미츠키는 스마트폰으로 포털 사이트에 들어가 'IDOLiSH7 주소'를 검색해보았다.

그러자 익숙한 건물 사진이 주르륵 떴다. 지금 자신들이 편하게 쉬고 있는 바로 이 건물이다.

"와, 진짜네……. ……아니, 잠깐……."

미츠키는 화들짝 놀라 스마트폰 안으로 들어갈 기세로 폰을 바라보았다.

숙소 사진 몇 군데에 나기가 찍혀 있었다. 도촬이라고 생각했는데, 사진 속 나기는 카메라를 응시하며 웃고 있었다. 방 창문 너머로 키스를 날리는 사진도 있고, 욕실 창문 너머로 윙크를 날리는 사진까지 있었다…….

당사자인 나기는 아무렇지도 않은 얼굴로 도로 의자에 앉아 DVD 리모컨을 집으며 말했다.

"OK. 그럼 다시 재생할게요. 이 다음 코코나의 활약이 매우 익사이팅하거든요."

나기가 재생버튼을 누르기 전에 리모컨을 뺏은 미츠키는 바로 전원버튼을 눌러 TV를 껐다.

"NO! 무슨 짓입니까, 미츠키!"

"너야말로 무슨 짓을 한 거야?! 굳이 얼굴을 내밀고 팬서비스를 해주니까 들키지! 바보!"

미츠키는 핸드폰에 뜬 사진들을 나기에게 들이밀었다.

나기는 동요하지도 않고 우아하게 두 손을 펼치며 쓴웃음을 지었다.

"OH, 미츠키. 모든 여성이 나의 스마일을 원해요. 기대에 부응해주는 게 나의 사명이랍니다."

"욕실을 훔쳐보는데 윙크하는 사명이 세상에 어디 있냐?!"

옆에서 미츠키의 핸드폰을 뺏어든 야마토는 찬찬히 사진을 들여다보며 어이없어 했다.

"하—. 이러니 들키지……."

나기는 왜 혼나는지 모르는 눈치였다. 페미니스트인 나기에겐 본인의 프라이버시보다 여성들의 행복이 우선이었다. 보석 같은 눈을 깜빡이며 고개를 갸웃하며 묻는다.

"홈이 알려지는 게 싫어요?"

"보통은 그래. 만난 적도 없는 상대가 집까지 아는 건 좀 그렇잖아."

"OH……. 조국에 있을 땐 모두가 우리 집을 알았어요."

"대체 얼마나 주소를 뿌리고 다닌 거야?"

"제 기념일엔 본 적 없는 사람들도 많이, 아주 많이 모였어요."

"얼마나?"

나기는 기억을 뒤지듯이 천장을 바라보았다.

"텐즈 오브 사우전드 오브 피플."

“뭐야?”

“수만 명?”

“또 그 놈의 허세!”

“아야야……!”

미츠키는 얼굴을 찌푸리며 나기의 뺨을 가볍게 꼬집었다. 나기는 가끔 진짜 같은 농담을 한다. 외국 대통령을 친구라고 한다거나, 100마리 이상의 말을 마당에서 키웠다거나. 애니메이션에 대한 애정이 남다르니 만큼 상상력도 남다른 건지 모르겠다.

“OH……. 너무해요…….”

뺨을 누르며 나기가 서운함을 내비쳤다. 미츠키는 나기의 눈을 똑바로 바라보며 진지하게 타일렀다.

“나기, 팬서비스도 좋지만 네가 이러면 다른 팬들까지 보러 오기 시작할 거야. 그럼 동네 사람들에게 피해를 주고 우리도 여기 살기 힘들어져. 특히 이오리와 타마키는 아직 고등학생이잖아. 예민한 사춘기 꼬맹이들한테 도촬의 공포를 심어줄 순 없다고.”

“예민한 사춘기……?”

동의할 수 없다는 듯이 중얼거리는 야마토였다.

IDOLiSH7에서 제일 달변가인 이오리와 IDOLiSH7에서 가장 뻔뻔한 타마키. 그 두 사람은 형들 라인보다 감정 변화가 없는 축에 속했다. 예를 들어 오늘 아침, 수학여행을 가면서도 불안해하기는커녕 이런 식의 반응이었다.

"그럼 모두 문제를 일으키지 않게 조심하시고, 제가 없어도 똑바로 해주세요. 특히 나나세 씨는 컨디션 관리에 신경 써주시고요."

이오리는 잔소리를 남기고 떠났는데…….

"뭐, 잘해봐."

그리고 타마키는 밑도 끝도 없이 윗사람이 아랫사람에게 격려를 남기는 듯한 말을 던지고 떠났다.

나기에게 설교를 하다가 야마토 때문에 말이 막혔던 미츠키는 순간 움찔 했다가 다시 말을 이었다.

"어. 어쨌건 사춘기는 사춘기잖아. 그러니 나기, 이상한 짓은 하지 마. 멤버들이 곤란해지면 결국 너도 슬퍼질 테니까."

"OK, 미츠키."

나기는 싱긋 웃으며 고개를 끄덕였다.

나기는 미츠키에게 혼나는 게 싫지 않았다. 미츠키는 열아홉인 나기보다 두 살 많은 스물하나였지만 고등학생…… 어떻게 보면 중학생처럼 사랑스러운 용모의 소유자였다. 귀여운 미츠키가 열심히 혼을 내면, 애니메이션 여주인공에게 조언을 해주곤 하는 말하는 동물이나 신비로운 요정과 대화하는 기분이 들었다.

—힘내, 코코나! 지구의 미래는 네 손에 달려있어!

이런 느낌.

"뭐야, 혼나는데 기쁜 얼굴이나 하고. 하여간 이상한 녀석."

조력 캐릭터 취급을 받고 있는 줄 모르는 미츠키는 설교하길 포기하고 웃었다.

에어컨을 끄고 창문을 열자마자 실내는 조금씩 후덥지근해지고 있었고, 끝도 없이 벌레 울음소리가 밀려 들어왔다.

야마토는 바람에 날리는 커튼 너머로 바깥 풍경을 바라보았다.

"아직도 밖에 있으려나……. 밤이 늦었는데, 어린 여자애면 좀 걱정되네. 한 마디 하고 돌려보내야겠다."

무심하고 무책임하게 보여도, 사실은 누구보다 다른 사람들을 챙길 줄 아는 야마토다운 발언이었다. 미츠키는 야마토의 그런 점이 좋았다. 저도 모르게 미소를 지으며 창가로 다가갔다.

"그러자. 내가 보고 올게."

커튼을 젖히고 거실 유리문을 열고 밖으로 나가려고 한 미츠키는 두리번거리다가 조경나무 그림자에 숨어있는 사람 그림자를 발견했다.

순간 미츠키의 몸이 굳었다.

미츠키가 상상한 건 수줍게 건물을 힐끔거리는 여자팬이었다. 그런데 이쪽을 바라보고 있는 건, 모자를 깊게 눌러쓴 장신의 남자였다.

무기질적인 선글라스 너머로 이쪽을 응시하고 있었다.

"……헉……."

미츠키는 곧장 커튼을 쳤다.

심장이 벌렁거리며 조금 전 애니메이션에서 봤던 장면이 떠올랐다. 어둠에 숨어 몰래 다가오는 남자……. 뒤돌아 보는 코코나…….

그리고 이어지는 비명.

"……왜 그래, 미츠?"

"……나…… 남자였어……."

편하게 휴식을 취하고 있던 야마토와 나기의 얼굴에 긴장감이 서렸다.

커튼 자락이 바람에 흔들거렸다.

흠칫한 나기의 팔이 DVD 리모컨을 건드려 바닥으로 툭 떨어졌다. 그 충격에 TV가 켜졌고, 공포에 질린 여주인공의 얼굴이 클로즈업되었다.

비명을 지르는 코코나의 어깨 위에서, 코코나의 조력자인 마법천사가 큰 소리로 말했다.

"우릴 계속 감시했던 거야?!"

야마토가 리모컨을 주워 꾹 하고 TV 전원을 껐다.

으스스한 침묵이 세 사람에게로 내려앉았다. 여자 팬에게 감시당하는 것과 정체모를 남자에게 감시당하는 것은 심적으로 달라도 너무 달랐다.

숨을 죽이고 거실 유리문에 다가가며 야마토는 작은 목소리로 말했다.

“……어떤 놈이었어?”

“모자를 눌러쓰고, 온통 새까만 옷으로 몸을 가린 데다 키가 꽤 컸어……. 얼굴은 잘 안 보였지만 선글라스를 끼고 있었고.”

“선글라스? 이렇게 어두운데?”

아무리 생각해도 수상했다.

닫아둔 커튼 틈새로 야마토는 밖을 내다보았다. 미츠키 말대로 남자의 실루엣이다. 자리를 뜬 것처럼 속이고는 숙소 근처를 얼쩡거리고 있었다.

“……도둑? 아니, 도둑이면 불 켜진 집을 노리진 않지. 그럼 대체…….”

정체가 뭘까? 목적이 뭐지? 야마토와 미츠키는 신중하게 시선을 교환했다.

그때 나기가 밝은 목소리로 말했다.

“OH, 남자 팬 아닐까요?”

야마토는 저도 모르게 미간을 찌푸렸지만, 미츠키는 긴장을 풀었다. 귀여운 얼굴에 안도감이 퍼지면서 어깨의 힘을 빼고 이렇게 말했다.

"뭐야, 팬이었어? 그럼 잠깐 다녀올게."

"잠깐, 잠깐, 잠깐!"

야마토는 밖으로 나가려는 미츠키를 전력을 다해 막았다. 미츠키는 영문을 모르겠다는 듯이 눈을 깜빡였다.

"왜?"

"왜는 무슨……. 저런 인간은 팬이 아니라 스토커라고 해."

야마토가 경고했으나 미츠키는 납득하지 못한 눈치였다. 곤란하다는 듯이 이마를 찌푸리며 고개를 젓는다.

"그건 편견이야. 어린 여자애면 팬이고 남자면 스토커야?"

"온통 검게 차려입고 감시하는 놈이 스토커가 아니면 뭔데?"

"그냥 검게 차려입은 남자 팬일 수도 있잖아. 만약에 검게 차려입은 어린 여자애면 빨리 집에 들어가라고 충고했겠지? 그건 차별이야."

정의감과 박애정신을 발휘하여 미츠키는 말을 이었다.

"IDOLiSH7의 공연에도 간혹 남자 팬이 오잖아. 그거 보고 야마토 씨는 기쁘지 않았어?"

"공연에 와주는 거랑 집을 찾아오는 건 얘기가 다르지."

"그건 그렇지만! 여자 팬한테는 상냥하고 남자 팬은 스토커

취급 한다는 건 아이돌이 해서는 안 될 일이야!"

미츠키의 의견을 듣는 중에 야마토는 문득 생각이 났다.

미츠키는 전설의 남자 아이돌 제로의 엄청난 팬이었다. 남자 아이돌을 좋아하는 남자를 부정한다는 건 미츠키 자신을 부정하는 것과 마찬가지였다.

야마토는 팔짱을 끼고 한숨을 쉬었다.

"알았어, 알았어. 차별은 좋지 않지. 근데, 미츠. 예를 들어 지금 네가 제로의 집을 안다고 쳐. 그럼 집까지 쫓아갈 거야?"

미츠키는 뺨에 홍조를 띄우고 머리를 쓸어 넘기며 대답했다.

"어…… 찾아갈지도……."

"거기서 제로의 모습이 보이면?"

"사, 사진을 찍을지도……."

"제로가 손을 흔들어주면?"

"대박! 그럼 감격해서 모두에게 자랑…… 아야."

야마토는 미츠키의 머리 정중앙을 손등으로 내리찍었다. 미츠키의 어깨를 잡고 휙 돌려 나기 쪽을 향하게 했다.

"경찰 아저씨, 여기 예비 스토커가 있어요. 제로를 위해 미리 잡아가세요."

야마토가 경찰 아저씨라고 부르자, 나기는 의기양양하게 다리를 꼬았다. 고압적으로 눈을 가늘게 뜨고는 DVD 리모컨으로 미츠키의 턱을 들어올렸다.

경찰 아저씨라기보다는 새디스트 성향의 군인에 가까운 모습이었다.

"OK. 나의 조국은 북유럽에서도 가장 안전한 나라. 폴리스도 우수해요. 교정을 위해, 매지컬★코코나 DVD 박스 3주 코스를 선고합니다. 원고용지 100매 분량의 감상문을 쓰도록 해요."

"그건 경찰의 횡포지."

미츠키는 리모컨을 손으로 쳐내고는, 부루퉁한 얼굴로 야마토를 바라보았다.

"나도 잘못했지만, 야마토 씨도 남자 팬에 대한 편견이 심했어. 지금은 남녀평등 사회잖아? 여자애가 이거 드세요, 하고 도시락을 갖고 오면?"

"감사히 먹겠지."

"그게 남자면?"

"에이, 그건 좀 싫은데."

"거봐―! 차별하잖아!"

"보통 나처럼 반응하지 않아? 나기도 응원단보다는 치어리더가 좋을 거 아냐."

"오브콜스."

"그것 봐."

"하지만……. 난 그런 건 싫어! 제로한테 악수해달라고 했는데, 여자 팬들한테만 악수해주고 가버리면 싫다고!"

미츠키는 비통하리만큼 필사적으로 주장했다. 미츠키가 얼마나 제로를 좋아하는지는 두 사람 모두 잘 알고 있었다. 제로에게 무시당하는 미츠키를 상상하자 왠지 불쌍해져서, 야마토와 나기는 양보하기로 했다.

"그래, 알았어……. 남자 팬이 주는 도시락도 먹을게……."

"YES. 남자가 욕실을 훔쳐봐도 윙크로 대응할 것을 맹세할게요……."

"두 사람 모두 이해해줘서 고마워……."

언쟁이 일단락되자, 세 사람은 잠시 휴식시간을 가졌다.

그러다 문득 유리문 너머를 바라본 야마토가 곤혹스러운 기색을 내비쳤다.

"근데 좋은 팬만 있는 건 아니야. 흉악한 스토커일 경우, 여자라면 어떻게든 대응할 수 있지만 남자라면 무슨 일을 당할지 몰라."

"뭐야, 야마토 씨. 겁먹었던 거였어?"

미츠키는 밝게 미소 지으며, 야마토의 어깨를 툭툭 쳤다. 그러고는 가볍게 거실문 밖으로 나가려 했다.

"귀여운 구석이 있네. 걱정 말고 나만 믿어."

"귀여운 건 너지!"

야마토는 미츠키의 셔츠 뒷목을 잡고 유리문에서 멀찌감치 떨어뜨려놓았다. 몸집이 작은 미츠키의 몸을 잡아당겨 나기에게로 던진 것이다. 나기는 의자에 앉은 채, 어린아이를 무릎에 앉힌 것 같은 자세로 미츠키를 잡고는 재미있다는 듯이 인사했다.

"하이, 미츠키."

"……뭐라는 거야! 야마토 씨도 너무해! 사람을 던지기나 하고!"

"나기, 잡아."

야마토의 지시를 따라, 나기는 버둥거리는 미츠키를 꽉 잡았다. 날뛰는 마법동물을 길들이는 장면 같아서 나기는 즐거웠다.

미츠키는 이를 악물며 화를 냈지만, 다람쥐나 생쥐가 털을 잔뜩 세운 정도의 알량한 위압감밖에 주지 못했다. 그랬다. 미츠키는 성인 남성치고는 귀여웠다. 야마토나 나기에게 여장은 어울리지 않지만, 미츠키라면 그럭저럭 볼만 할 것이다. 그러니…….

어떤 추론이 세워지자 야마토는 미츠키를 바라보며 어렵게 입을 뗐다.

"……이런 말을 하고 싶진 않지만, 우리 중에 남자 스토커가 붙는다면 너밖에 없을걸?"

"뭐? 그게 무슨 소리야?"

"미츠키는 미니멈하고 큐트하니까요."

이해하지 못한 미츠키에게 나기가 웃으며 말을 보탰다. 그제야 미츠키는 자신이 남자로서 모욕을 당했단 걸 깨달았다.

이마에 핏발을 세우고 두 사람을 노려본다.

"그렇구나. 내가 작고 어려 보여서 가녀린 코코나처럼 스토킹 당할 수 있다는 말이지?"

"노노! 코코나는 가녀리지 않아요. 코코나는 마법나라에서 받은 파워풀하고 스페셜한 파워가……."

"시끄러워. 조용히 해."

꿋꿋이 설명하는 나기를 노려보며 미츠키가 일갈했다.

커튼 너머의 유리문을 툭툭 두드리던 야마토가 이마를 찌푸리며 말을 이었다.

"근데 너 말고 또 누가 있어? 저런 남자 팬이 따라다닐 만한 사람이."

미츠키는 전력을 다해 고개를 내저으며 부정했다.

"리쿠가 더 그런 타입이거든! 둔하니까 스토커가 방까지 들어와도 길을 잘못 찾았냐고 물어볼 스타일이잖아."

"YES. 음료수까지 서비스할 것 같아요."

미츠키의 주장에 나기도 고개를 끄덕였다. 야마토는 경계심 쪽으로는 센터인 리쿠가 신용을 얻지 못했구나 하는 생각을 했다.

팔짱을 끼며 생각을 이어갔다.

"리쿠……. 리쿠라면 이런 얘기는 못하지. 스트레스가 될 지도 모르니까."

지금 병원에 가있는 리쿠는 스트레스를 과도하게 느껴도 발작을 일으킬 때가 있다. 자신을 노리는 시커먼 스토커가 있다는 걸 알면 마음이 편하지 않을 것이다.

그 얘기를 듣고 나기는 눈을 빛내며 손가락을 딱 튕겼다.

"OH! 그럼 우리가 이걸 해결해요. 리쿠가 돌아오기 전에 리쿠의 평화를 되찾아요. 우리는 사랑과 평화의 사자니까요!"

그때 솨아 하고 강풍이 불었다.

커튼이 한껏 부풀어 올랐고, 바람이 숙소 안을 휘저었다. 테이블 위에 펼쳐놓은 책장이 팔락이며 넘어갔고, 달력이 덜거럭거리며 흔들렸다.

서둘러 테이블에 있던 물건을 누르며, 야마토는 유리문 너머를 바라보았다.

남자는 어둠에 몸을 숨긴 채, 여전히 그 자리를 지키고 있었다.

바람이 잦아들자 커튼은 얌전히 본래의 위치로 돌아갔다. 유리문에서 눈을 돌린 야마토는 핸드폰을 집어 들고 입을 열었다.

"……음, 해결은 둘째 치고 일단 세 사람에게 언질을 주는 게 좋을 것 같다. 문 앞에서 저 남자랑 마주치면 안 되니까."

가볍게 말했지만 야마토는 속으로 분개하고 있었다. 무언의 주장인지 기분 나쁜 감시인지 모르겠지만, 멤버들을 위협하는 괴인에게 화가 났다.

'우릴 뭘로 보고…….'

만약에 이오리의 스토커라면? 야무져 보여도 섬세한 아이다. 겁을 먹어도 혼자 끌어안고 고민하겠지.

만약에 미츠키의 스토커라면? 욱 하는 성질이 있는 미츠키지만 압도적인 체격 차이 때문에 쉽게 제압당할 수 있다.

만약에 타마키의 스토커라면? 미츠키보다 욱 하는 성질이 강한 타마키지만 무방비하고 세상물정 모르는 측면이 있다. 칼이라도 들이민다면 그걸로 끝이다.

만약 소고의 스토커라면? 상식적인 소고는 비정상적인 사람에게도 친절히 대해주려고 할 테니, 그 틈을 노리려 들 것이다.

만약 나기의 스토커라면? 장난스럽게 굴지만 착해빠진 나기는 힘으로 몰아붙여도 저항하지 않을 것이다.

만약에 리쿠의 스토커라면? 그게 제일 문제였다.

충격을 받아 발작이 심해져 쓰러질지도 모른다. 리쿠의 병은 호흡곤란으로 인해 죽을 수도 있다.

그야말로 이쪽은 목숨이 걸렸다고. 팬이든 스토커든, 멤버를 끌어들인다면 가만있지 않을 것이다. 야마토에게는 그런 각오가 있었다.

야마토는 병원에 가있는 소고에게 문자를 보냈다. 리쿠는 컨디션이 좋지 않았고, 츠무기는 여자다. 변태 얘기를 꺼내 겁먹게 할 수는 없었다.

출발할 때 전화하라고 문자를 보내자, 잠시 후 소고에게 전화가 걸려왔다.

『여보세요? 야마토 씨?』

"소우, 리쿠는 좀 어때?"

『괜찮아요. 지금은 혹시 몰라 진료를 받고 있어요. 시간이 좀 걸릴 것 같아요…….』

"그럼 그대로 한동안 숙소에 오지 마라."

『네?』

"이상한 놈이 얼쩡거리고 있거든. 매니저나 이제 막 회복된 리쿠랑 마주치면 곤란해서 그래."

『……이상한 놈이라면…….』

“밤낮이 헷갈리는지 선글라스를 낀 검은 차림의 남자가 있어. 도둑인지 스토커인지는 모르겠지만……. 혹시 뭐 짚이는 거 없어?”

『……그러고 보니…….』

짧은 침묵 후, 소고는 심각한 목소리로 속삭였다.

『타마키 군의…… 팬티가 없어졌대요…….』

“……팬티……?”

충격을 받은 야마토는 눈살을 찌푸렸다. 22년 동안 살아오며 그 단어를 이렇게 진지한 목소리로 듣게 될 날이 올 줄은 상상도 하지 못했다.

『네……. 워낙 자주 물건을 잃어버리니까 당시에는 타마키 군이 어디 잘못 뒀을 거라 생각 했는데요…….』

불안하다는 듯이 소고가 고백해왔다.

이게 무슨 일인가. 도둑인지 스토커인지 고민했는데 설마 둘 다일 가능성이 있을 줄이야.

“알려줘서 고마워. 일단 내가 연락하기 전까지는 숙소 쪽으로 오지 말고 있어.”

『그럴게요. 그쪽도 조심하세요.』

통화를 마치고 야마토는 침묵했다.

마른 침을 삼키고 자신을 지켜보고 있던 두 사람을 돌아보며, 야마토는 목소리를 깔고 물었다.

“너희, 팬티는 안 없어졌어?”

“……팬티……?!”

이구동성으로 외친 후, 두 사람은 격하게 동요했다.

후덥지근한 밤바람이 불어들어와 커튼이 괴조의 날개처럼 펄럭였다. 불쾌한 기색을 숨기지 않고 야마토가 말을 이었다.

“그래. 소우 말로는 타마 팬티가 없어졌대.”

“OH MY GOD……. 히 이즈 속옷 도둑…….”

나기는 파랗게 질린 얼굴로 비틀거렸다.

긴박한 분위기에 잠겨있던 미츠키가 퍼뜩 정신을 차리며 경쾌하게 고개를 저었다.

“아니, 아니, 잠깐만. 타마키는 워낙 칠칠치 못하잖아. 빨래를 개지 않고 마구 쌓아두다가 잃어버린 걸 수도 있어.”

“OH, 타마키 방 더러워요. 정글이에요. 내가 속옷이면 피난 갔어요.”

"다른 피해자가 있다면 얘기가 달라지겠지만. ……일단, 이오리한테도 물어볼까?"

이오리에게 문자를 보내며 미츠키는 진지하게 중얼거렸다.

"내 동생이지만 걘 전형적인 미소년이잖아. 내가 스토커라면 그 녀석 팬티는 꼭 손에 넣고 싶을 거야."

"그것도 그렇지만, 팬티를 훔치는 팬이라면 왠지 소우한테 붙을 것 같단 말이지. 소우 팬티랑 헷갈려서 타마의 팬티를 훔친 거 아냐?"

"OH, 리쿠라면 도둑 맞아도 마지막 한 장이 없어질 때까지 모를 가능성이 있어요. 스토커에게는 최고의 먹잇감이죠. 분명 지금도 리쿠의 팬티를 훔치고 있을 거예요."

사건 해결을 위해서라지만 세 명의 탐정은 아무말 대잔치 중이었다.

대화를 나누면서 미츠키는 이오리에게 문자를 보냈다.

《팬티는 제대로 있어?》

직설적으로 묻자 이런 대답이 돌아왔다.

《잘 챙겨 왔으니 걱정 마세요.》

그런 질문이 아니라는 답장을 보내기도 전에 이오리에게서 다시 문자가 왔다.

《그런데 방금 오사카 씨가 요츠바 씨한테 속옷에 대해 묻는 문자를 보냈더군요. 다 큰 어른들이 예민한 사춘기 학생한테 성추행성 문자를 보내는 건 그만 두세요. 모두의 인격이 의심스러워지네요. 한가합니까? 형도 주변 장난에 괜히 맞장구치지 마세요. 그럼 안녕히 주무세요.

추신. 선물은 딸기맛 야츠하시예요.》

신랄한 답장을 받은 미츠키는 양손으로 얼굴을 감싼 채 풀이 죽어 고개를 떨궜다.

“이오리……. 형은 이래 보여도 예민한 사춘기인 너를 지키기 위해 애쓰고 있다고…….”

“OH, 이오리 팬티는 무사합니까?”

“무사하대……. 성추행하지 말라고 혼났어…….”

침울해하는 미츠키의 머리를 쓰다듬던 나기는 웃으며 말했다.

“걱정 말아요. 마음을 전하는 건 중요하니까요. 미츠키는 걱정을, 이오리는 불만을 제대로 전했어요. 전하지 않으면 걱정도, 불만도 점점 커져요.”

다소 오버스러운 나기의 격려의 말에 미츠키는 쓴웃음을 지었다. 나기는 민망할 정도로 직설적으로 얘기한다. 그런 점이 나기의 장점이기도 했다.

제대로 전하지 않으면 걱정도 불만도 커진다, 라. 나기의 말을 반추하다가 퍼뜩 깨달았다.

세상엔 과도한 애정과 집착을 보이는 스토커만 있는 게 아니다.

나기 말대로, 전하지 못한 불만이 커져 스토커가 되는 경우도 있다는 얘기를 들은 적이 있다. 돈을 돌려받기 위해 들러붙거나, 사소한 일로 원한을 품거나…….

선글라스 너머의 차가운 시선을 떠올리자 순간적으로 등줄기가 오싹해졌다.

미츠키는 야마토와 나기를 둘러보며 조심스레 입을 열었다.

"혹시 팬이 아니라 우리한테 원한이 있는 놈 아니야?"

"원한……?"

"그래."

안 좋은 예감이 들어 파랗게 질린 얼굴로, 마른 입술을 혀로 적시며 미츠키는 신중히 경고했다.

"만약 그렇다면 속옷 도둑이 차라리 낫지. ……최악의 경우, 이 건물에 불을 지른다거나 쳐들어와서 칼로 찌르러 들지도 몰라."

갑자기 엄청난 소리의 전자음이 들렸다.

세 사람은 미츠키의 핸드폰 착신음에 놀라 퍼드득 튀어올랐다. 나기는 가슴을 내리누르며 안도의 한숨을 길게 내쉬었다.

"OH! 심장이 멎는 줄 알았어요……."

"리…… 리쿠 전화야……. 전화 좀 받을게."

그렇게 말한 미츠키는 핸드폰을 귀에 가져다 댔다.

"여, 여보세요? 리쿠?"

『미츠키, 진료 끝났어. 아깐 걱정 끼쳐서 미안해.』

"아냐, 네가 괜찮으면 됐어. 근데 무슨 일이야?"

핸드폰 너머로 리쿠의 곤혹스러운 목소리가 들려왔다.

『저기…… 물어볼 게 있는데, 다들 소고 씨랑 무슨 일 있었어?』

화들짝 놀랐으나 미츠키는 모르는 척 했다.

"아, 아니? 왜?"

『숙소에 안 가려고 해. 이유가 있는 것 같은데 얘기해주지 않아서.』

"그래? 왜 그럴까……."

리쿠의 얘기를 들으며, 미츠키는 두 사람을 향해 '리쿠한테 들킬 것 같다'는 내용을 뻐끔거리며 전달했다.

야마토는 곧장 소고에게 문자를 보냈다.

《쓰러져.》

『그래서 무슨 일 있나 해서……. ……?! 왜, 왜 그래요, 소고 씨!!』

"뭐야, 뭔데?"

『소고 씨가 갑자기 지병인 위경련이 어쩌고 하면서 쓰러져서……. 미안, 일단 끊을게!』

"그, 그래! 그거 큰일이네! 리쿠, 소고 둘 다 몸 좀 챙겨!"

전화를 끊은 미츠키는 이마에 흐르는 땀을 닦았다. 어떻게 잘 넘어간 것 같다.

나기는 손으로 이마를 짚은 채, 흔들리는 커튼을 걱정스레 바라보았다.

"OH……. 서두르지 않으면 리쿠가 돌아와요. 스토커와 만나

면 큰일이에요."

"그래. 얘기를 마저 하자."

야마토는 미츠키를 돌아보며 말을 이었다. 미츠키는 아까 이렇게 말했다.

우리한테 원한이 있는 놈이면 어떡하지?

"미츠, 우리한테 원한이 있는 놈이라면?"

"잘은 모르지만…… 원한 때문에 스토커가 되는 경우도 있잖아."

"우리가 원한을 살 만큼 잘 나가진 않잖아. TRIGGER라면 몰라도, 우린 근근이 연명하는 중소 아이돌인걸."

"맞아요. 나도 인생 경험상, 남자 빼고 다른 사람에게 원한을 산 적 없어요."

"음— 인류의 반은 남잔데."

야마토에게서 지적이 들어왔지만, 나기는 화려한 미모에 화사한 미소를 보태며 말을 이었다.

"나는 남성 분과도 친하게 지내고 싶어요. 하지만 아름다운 남자는 질투를 받아요. 매우 슬프지만 무능하고 평범한 남성 분들은 보통 나를 싫어합니다."

"네가 그런 소리를 해서 그런 것 같은데."

야마토는 쓰게 웃는 나기를 향해 어이없는 시선을 던졌다. 미츠키는 그런 두 사람의 대화를 무시한 채 기세 좋게 손가락을 척 내밀었다.

"바로 그거야! 중소 아이돌일지라도 세간에서 보면 우린 아이돌이잖아. 다른 연예인을 만날 수 있고, 여자들에게 환호를 받을 때도 있어. 좋아하는 여자가 우리를 응원한다거나, 좋아하는 연예인이랑 우리가 얽혀있다면 화나지 않겠어?"

"OH! 그러고 보니 IDOLiSH7의 어느 멤버의 험담을 들은 적 있어요."

"험담? 어떤 소린데?"

"퍼킹 야마토. 아루토를 돌려줘."

야마토의 눈이 휘둥그레졌다.

아루토는 인기 여자 아이돌 키사라기 아루토를 말했다. 야마토는 옛날에 학생 역을 맡은 아루토가 나오는 드라마에 아루토의 선생이자 연인으로 출연한 적이 있었다. 키스신은 없었지만 애틋한 포옹신은 있었다.

야마토는 턱에 손을 대며 생각났다는 듯이 입을 열었다.

"아, 그래. 아루보가 있었지? 그러고 보니 팬들이 꽤 열성적이라고 했던 것 같아."

"아루보?! 뭐야, 그거? 야마토 씨, 아루토랑 애칭으로 부르는 사이였어?!"

깜짝 놀라 물어보는 미츠키에게 야마토는 아무 일도 아니라는 듯이 쓴웃음을 지으며 대답했다.

"그냥 평범한 여자애잖아."

"우와. 그 태도……. 아루토 팬에게 스토킹을 당해도 이상하지 않네……."

"왜, 미츠도 그 녀석 좋아해?"

"그 녀석이라고 부르지 마! 딱히 팬은 아니지만 초인기 아이돌이잖아. 그런 사람을 자기 것인 양……."

"아니, 그냥 평범한 애라니깐? 다들 그런 눈으로 쳐다보니까 걔가 친구 하나 못 사귀잖아."

야마토는 그냥 말한 거지만, 상대가 상대인 만큼 자랑처럼 들렸다.

그러자 핸드폰을 들여다보던 나기가 어떤 기사를 보고 입을 열었다.

"OH! 야마토가 원한을 산 이유를 알았어요. 미스 키사라기가 같이 출연해서 즐거웠던 상대 NO.1으로 야마토를 얘기했어요."

"진짜?!"

"흐음."

미츠키가 놀라는 소리와 의외라는 듯한 야마토의 목소리가 동시에 흘러나왔다. 미츠키는 진지하게 야마토의 얼굴을 보고 물었다.

"저, 저기, 진짜 뭐가 있는 거야? 사실은 사귀고 있다거나……."

"아하하! 무슨 그런 기자 같은 질문을 하고 그래?"

"그렇지만 출연자 중 NO.1이라잖아……!"

"유명 배우 이름을 거론했다간 말이 나올 테니까 그랬겠지. 내가 제일 만만했던 거야."

"또 그렇게 얼버무린다……."

"노 프로블럼!"

두 사람 사이를 중재하려는 듯 나기가 싱긋 웃으며 끼어들었다.

"나와 함께 출연하면 그녀의 NO.1은 내가 돼요. 하지만 우린 아직 못 만났어요. 그래서 야마토가 NO.1이 되었어요. 그건 의심할 여지가 없어요."

"너 진짜 긍정적이다……."

"스토커도 너만큼 긍정적이면 좋을 텐데……."

나기의 자신감에 감탄하면서, 바람에 흔들리는 커튼을 바라보았다. 망령의 한숨 같은 미적지근한 바람을 품고 있는 한여름의 어둠이 그 너머에 있었다.

그 남자도 그 너머로 이쪽을 보고 있을 터였다.

알아채지 못했지만 세 사람의 피부는 땀으로 흠뻑 젖어 있었다. 에어컨이 조성해줬던 쾌적한 냉기는 없어진 지 오래다.

가볍게 한숨을 내쉬고, 야마토는 미적지근해진 냉차를 쭉 들이켰다.

"……그럼 내가 원인인가? 어쩔 수 없네. 내가 다녀올게."

가볍게 얘기하고 자리에서 일어났다.

깜짝 놀란 미츠키가 야마토의 팔을 잡았다. 그냥 말리려던 건데 매달리는 형태가 되고 말았다.

"자, 잠깐만!"

"아니, 왜?"

"위험해! 야마토 씨한테 원한이 있는 사람이라면 무슨 짓을 할지 모르는 일이잖아……. 숨겨둔 칼이라도 휘두르면 어쩌려고 그래."

미츠키는 눈썹을 축 늘어뜨리며 말했다.

야마토는 그런 미츠키의 어깨를 두드리며 웃으며 말했다.

"아까는 자기가 가겠다고 했으면서 내가 간다니까 말리냐? 하여간 남한테 과보호라니까. 괜찮아. 이대로 두면 리쿠 일행이 못 돌아오잖아."

"그래도……."

"괜찮으니까 집안에서 기다려. 만일 찔리면 110…… 아니 119인가? 불러주고."

"야마토 씨!"

야마토가 촥 하고 커튼을 젖혔다.

뜨거운 물을 뒤집어쓴 듯한 후덥지근한 바람이 그의 뺨을 스쳤다.

유리문 밖으로 나가려는 순간, 누군가가 훽 하고 야마토의 어깨를 잡았다.

"OK, 내가 갈게요."

보석 같은 눈에 웃음을 머금은 나기가 두 사람에게 말했다.

"미츠키랑 야마토는 리스크 있어요. 나는 아직까지 없어요. 그러니 내가 가요."

"아니, 그래도……."

"돈 워리. 나는 이미 유괴 3회, 암살미수 1회 있었어요. 그래도 살아남았죠. 아이 엠 베리 럭키 맨. 운 좋은 남자예요."

"나기……. 이건 애니메이션이나 게임 속 상황이 아냐."

"알아요."

투명한 나기의 미소를 본 야마토는 할 말을 잃었다.

"행운도, 재앙도, 모두 진짜예요."

마치 떠날 마음을 먹은 여행자 같은 미소였다. 나기는 애정이 담긴 눈으로 두 사람을 바라보았다.

그는 그가 애정하는 애니메이션 만큼 동료들을 좋아했다.

"미츠키."

나기는 몸을 굽혀 미츠키와 포옹을 나누었다.

"야마토."

마찬가지로 야마토를 감싸 안았다. 마지막 작별 인사를 나누

타 프 션

는 듯한 나기의 행동이 당혹스러웠다.

습도와 열기를 품은 어둠 위로 눈부신 황금색 달이 아름답게 빛나고 있었다.

"여러분은 나의 몇 안 되는 친구예요. 난 무섭지 않아요. 여러분을 덮치려는 게 어둠이든, 빛이든, 얼굴 없는 존재든. 그 무엇이건 내가 여러분을 지킬게요."

"나기……."

"네버 마인드."

돌아서는 나기의 금빛 머리카락이 바람에 흩날렸다.

어둠이 고인 곳으로, 달빛이 비치는 정원으로 나기는 망설임 없이 발을 내디뎠다.

그 순간 조경나무 쪽에서 파사사삭, 하는 부자연스러운 소리가 났다.

"……!"

어둠에 숨어있던 검은 차림의 남자가 나뭇가지를 향해 몸을 날린 것이다. 남자는 킬러처럼 민첩한 동작으로 나무를 올랐고, 높은 곳이 두렵지 않은지 아무렇지도 않게 나뭇가지 사이를 건넜다.

나뭇잎으로 무성한 커다란 나무의 가지는 숙소 2층 창문으로 이어져 있었다.

"……2층으로 침입할 생각이야!"

야마토의 목소리가 신호탄이 되어, 세 사람은 동시에 달렸다.

야마토는 2층으로 올라가는 계단으로 뛰어갔고, 나기와 미츠키는 1층에서 남자를 뒤쫓았다. 머리 위로 펼쳐진 나뭇가지 사이에서 남자의 다리를 발견한 나기는 나무를 타며 팔을 뻗었다.

발목이 잡힌 선글라스의 남자가 뒤를 돌아보았다.

"HEY! 프리즈! 핸즈업!"

뒤엉켜 움직일 때마다 나뭇가지가 흔들리면서 무수히 많은 나뭇잎이 아래로 우수수 떨어졌다. 그리고 한 박자 늦게 남자의 구두와 선글라스가 바닥으로 떨어졌다.

벌컥 하고 2층 창문이 열렸고, 야마토가 얼굴을 내밀었다. 남자의 얼굴을 본 야마토의 눈이 순간 경악으로 가득찼다.

"아……!"

"……이 자식!"

고양이처럼 나뭇가지를 타고 올라온 미츠키가 남자의 허리를 잡았다. 균형이 무너지자 남자는 서둘러 나뭇가지를 붙들었다. 그 틈을 놓치지 않으려고 나기와 미츠키가 달려들었다.

세 사람의 무게를 견디지 못한 나뭇가지가 우드득 비명을 질렀다. 그런데 어째선지 야마토는 그런 두 사람을 제지하고 나섰다.

"안 돼, 그만 해……!"

"뭐?"

미츠키가 의아해하며 고개를 들었다.

야마토는 눈을 홉뜨고 초조한 목소리로 검은 차림의 남자의 정체를 외쳤다.

"……반리 씨야……!"

동시에 나뭇가지가 툭 하고 부러졌고, 세 사람은 사이좋게 지면으로 떨어졌다.

"아야야……."

허리를 문지르며 타카나시 프로덕션 직원인 오오가미 반리가 몸을 일으켰다.

그리고 곧장 미츠키와 나기를 조심스레 안아 일으켰다.

"둘 다 다친 데는 없니?"

미츠키와 나기는 할 말을 잃고 킬러 같은 차림을 한 반리를 바라보았다.

"오…… 오오가미 씨…… 왜……."

"우리를 감시한 사람이 반리였어요?!"

벗겨진 구두를 신으며 반리는 싱긋 미소 지었다.

"순찰을 돌고 있었어. 요새 숙소 위치가 알려졌는지 팬들이 찾아오기 시작했거든. 팬에게든, 너희에게든 문제가 생기면 안 되니까 보일 때마다 설득해서 돌려보내고 있었어. 동네 사람들에게도 민폐일 테고."

야마토가 숨을 헐떡이며 마당으로 내려왔다. 미츠키는 아직 이해가 안 간다는 듯이 날카로운 목소리로 질문을 던졌다.

"근데 왜 그런 차림으로……."

"IDOLiSH7을 잘 아는 애들은 내 얼굴도 알더라. 관계자인 걸 들키면 질문 공세를 받기 때문에 변장한 거야. 그리고 이런 차림으로 다니면 말을 건 순간 돌아가더라고."

그럴 수밖에 없겠지. 엄청 무서우니까……. 미츠키는 목구멍까지 올라온 말을 참고 "하아……." 하고 한숨을 내쉬었다. 몸에 붙은 나뭇잎을 떼어내며 나기가 의아하다는 듯이 물었다.

"OH……. 나무에는 왜 올라갔어요?"

"아, 뭔가 걸려있길래 빼주려고. 바로 이건데……."

반리가 내민 물건을 본 세 사람의 몸에서 일제히 힘이 빠졌다.

'……타마키의 팬티다…….'

반리는 속옷을 깔끔하게 접어 야마토에게 건넸다.

"너희 중 한 명의 것일 테니까 주인에게 돌려줘."

"감사합니다……."

속옷을 꽉 쥔 채 야마토는 이를 악물고 웃었다. 22년 동안 살아오면서 남의 팬티가 증오스러운 건 처음이었다.

어느새 동네 사람들이 하나둘 모여들었다. 한 차례 소동으로 인해 나뭇가지가 부러지는 소리, 사람이 떨어지는 소리 등이 크게 울렸기 때문일 것이다. 동네 이웃들에겐 이게 무슨 민폐인지.

"이런. 동네 사람들에게 인사드리고 올게. 다들 동네 시끄럽지 않게 주의해줘."

'……다 당신 때문이라고…….'

목구멍까지 치민 말을 삼키고, 세 사람은 웃으며 고개를 숙였다.

"그럼 잘 부탁드리겠습니다……."

선글라스를 호주머니에 넣고 꾸벅 인사를 한 다음, 반리는 자리를 떴다.

세 사람은 한참 동안 마당에서 서로의 얼굴을 바라보았다.

후덥지근한 밤바람을 맞으며, 끝도 없이 이어지는 벌레 울음소리를 들으며. 뛰어다닌 탓에 줄줄 흐르는 땀을 닦아가며 야마토가 툭 하고 말을 던졌다.

"……에어컨 틀까?"

"굿."

"찬성."

그렇게 기묘한 한여름 밤이 지나고 있었다.

리쿠 일행은 무사히 귀가했고, 며칠 뒤 이오리와 타마키도 수학여행에서 돌아왔다. IDOLiSH7의 숙소를 찾아온 팬들은 그날 이후 희한한 것을 보게 된다.

부러진 나뭇가지 끝에 걸린, 누군가가 쓴 반성문이었다.

『정원의 나무에게. 정원에 있는 나무의 희생을 잊지 않기 위해, 다시는 팬티를 잃어버리지 않겠습니다. 요츠바 타마키.』

〈END〉

IDOLiSH7

before The Radiant Glory

한겨울 대도시의 일루미네이션은 밤바다에 흩뿌린 진주 같았다.

코트를 몸에 두른 화사한 사람들은 열대어 같았고, 고층 빌딩에서 역 앞 옥외 광장으로 이어지는 계단은 반짝이는 조명을 받아 동화 속의 성 같았다.

하얗게 숨을 뱉으며, 츠나시 류노스케는 목도리에 코끝을 묻었다. 남쪽 지방에서 자란 그에게 도쿄의 겨울은 매서웠다. 갓 상경해서 낯선 도시에 와있다는 고독감이 가슴을 시리게 하는 건지도 모른다.

류노스케는 거리를 둘러보았다. 도쿄는 모든 게 아름다웠다. 거리도, 건물도, 여자들도, 남자들도. 하지만 모두 조금 지친 표정이었다.

이렇게 예쁜 세계에 살고 있으면서.

문득 고개를 들자, 계단을 걸어오는 한 남자가 눈에 들어왔다. 남자답게 잘생긴 얼굴에 늘씬하게 쭉 뻗은 키가 인상적인 남자였다.

그 눈동자는 다가가기 어려울 만큼 격한 빛을 품고 있었다.

'……영화에서 튀어나온 사람 같아…….'

TRIGGER

류노스케는 홀린 듯이 그를 바라보았다. 도쿄에 와서 잘생긴 남자라면 무수히 봤지만 이 남자는 격이 달랐다. 주변 사람들 역시 그에게 시선을 빼앗겨, 피로를 잊은 것 마냥 생생한 눈빛으로 그를 주목했다.

일루미네이션의 빛, 조명으로 비친 계단 모두 그 남자를 위해 존재하는 것 같았다. 주목받는 데 익숙한지, 남자는 사람들의 시선을 의식하지도 않고 뚜벅뚜벅 계단을 내려왔다. 그리고 류노스케 앞에 멈춰 섰다.

"당신이 츠나시 류노스케지?"

남자가 섹시하고 낮은 목소리로 이름을 불렀을 때, 류노스케는 기묘한 고양감을 느꼈다. 모두가 주목하는 남자가 자신에게 다가왔다는 우월감, 그리고 그런 남자가 자신을 바라본다는 긴장감에 몸이 부르르 떨렸다.

아무 말도 하지 못하는 류노스케를 보며, 남자는 의아하다는 듯이 눈썹을 까딱 했다.

"야오토메 프로덕션 소속이 된 츠나시 류노스케 맞지? 아니야?"

"아……. 맞아요. 츠나시 류노스케입니다."

“역시 맞네.”

압도적인 미모의 남자가 해사한 미소를 머금었다.

그 순간 류노스케는 완전히 그 남자에게 매료됐다. 매력적이라는 표현은 이런 남자에게 붙일 수 있는 형용사일 것이다. 다음엔 어떤 표정을 보여줄지 궁금해지며 눈을 뗄 수 없는 존재였다.

“난 야오토메 가쿠. 반갑다.”

가볍게 내미는 손을 설레는 마음으로 맞잡았다.

‘야오토메……. 프로덕션이랑 같은 이름이다.’

류노스케는 몇 주 전에 야오토메 프로덕션이라는 연예기획사와 계약을 맺은 상태였다. 눈앞에 있는 인물과 프로덕션의 관계가 궁금했지만, 굳이 묻지 않았다. 이곳에 오기 전에 야오토메 사장에게 충고를 받았기 때문이었다.

“사투리가 심하군. 도쿄에서는 표준어를 쓰도록 해. 사투리를 쓰는 연예인은 개그맨 취급을 받지. 너를 그런 싸구려 연예인으로 만들 생각은 없어.”

표준어를 구사할 자신이 없는 류노스케는 평소보다 말수가 적었다. 가쿠는 그런 류노스케를 수줍음 많은 사람이라고 생각하는 모양이었다. 어깨를 한 번 으쓱이더니 걷기 시작했다.

거리의 시선이 빨려들 듯이 가쿠의 등으로 향했다.

"매니저가 온다고 들었지?"

"아…… 응. 그룹 멤버를 소개해준다고."

"안 와. 내가 따돌렸어."

"따, 따돌려?"

류노스케를 돌아본 가쿠는 예리한 눈빛으로 말했다.

"매니저가 있으면 어른의 사정을 핑계로 제대로 된 대화도 못하게 할 테니까. 방해꾼이 없는 곳에서 그 녀석을 평가하려고."

"그 녀석?"

"극비 인물 취급받고 있는 또 다른 멤버 말이야. 세상에 노출되는 걸 극도로 피하고 싶어 해서, 오늘 미팅도 그 녀석이 장소를 지정했거든. 시부야에 있는 클럽인데, 통째로 빌려서까지 사람들 눈을 피하고 있어."

불쾌해 보이는 얼굴마저 특유의 감미롭고 위험한 섹시함이 풍겼다. 눈꺼풀에 드리운 그림자에도, 입술 모양에도 서사가 느껴졌다.

“쿠죠 텐. 그룹의 센터야. 그룹명은 TRIGGER. 우리 그룹인데 그런 것까지 멋대로 정했다고. 짜증 나지 않아? ……어이, 내 말 듣고 있어?”

“어? 어어, 미안.”

가쿠에게서 눈을 떼며 류노스케는 우물우물 대답했다

“사실 그룹에 대해서도 아는 게 거의 없어. 아이돌 그룹이라는 얘기만 들었는데, 사장님은 진심인가? 나 같은 시골뜨기가 제대로 해낼 수 있을지 모르겠어서 불안해.”

머릿속에서 단어는 떠돌지만 표준어로 출력되지가 않았다. 가쿠는 우물거리는 류노스케에게 실망한 눈치였다.

“하고 싶은 말이 있으면 해. 남 일이 아니라 네 미래가 걸린 일이라고.”

“……미안.”

“아무튼 따라와. 회사 빼고 그 극비 인물을 만나야겠어. 어디서 돈 받고 데려온 허울뿐인 왕자님이라면 난 하차할 거야.”

“그만둔다……는 소리야?”

“그래.”

가쿠는 대로변으로 나오자마자 손을 뻗어 택시를 잡고 뒷좌

석에 앉았다. 류노스케는 당혹스러웠으나 아까와 같은 이유로 한 마디 말도 할 수 없었다.

'극비 취급을 받는 멤버에, 이미 사퇴까지 생각 중인 멤버라니…….'

난방이 잘 되는 택시 안이지만, 류노스케는 목도리에 코를 푹 박고 침묵했다. 냉랭한 도시의 추위는 점점 더 심해지기만 했다.

류노스케는 작게 한숨을 내쉬었다.

가쿠의 뒤를 따라, 다양한 가게가 입점한 건물의 좁은 계단을 걸어 내려가 지하에 도달했다. 콘크리트가 고스란히 드러난 벽에는 무수히 많은 전단지가 붙어 있었다. DJ 이벤트라든가 싱글 발매를 알리는 전단지였다.

이곳에도 음악을 생업으로 삼고 싶은 사람은 넘칠 정도로 많았다.

류노스케는 아이돌이라는 직업에 종사해야 한다는 현실에 살짝 주눅이 들어있는 상태였다. 경쟁이 치열한 연예계에 발을 들인다는 게 실감이 안 났다.

노래를 잘한다는 칭찬은 들은 적 있다. 춤을 잘 춘다는 칭찬도. 그래서 친아버지의 빚을 갚기 위해, 어머니의 재혼 상대가 운영하는 호텔의 쇼 캐스트로 일했다. 스카우트 제의를 받고 도쿄로 올라온 건 좋지만, 나 같은 게 감히 발을 들여도 되는 세계일까.

'이런 애라면 모를까…….'

류노스케는 가쿠를 힐끔 쳐다보았다. 한손을 주머니에 꽂은 채 다른 한 손으로 묵직한 문을 밀어젖히는 가쿠. 그렇게 두 사람은 비상등이 깜빡이는 어두운 클럽 안으로 뚜벅뚜벅 걸어 들어갔다.

무인 DJ 부스……. 무인 바 카운터……. 안을 둘러보고 있자 어둠 속에서 인기척이 느껴졌다.

클럽 한가운데에 덩그러니 놓인 카운터 의자 위.

한 소년이 한쪽 무릎을 세우고 앉아있다.

류노스케와 가쿠는 저도 모르게 숨을 삼켰다. 순진무구함이 어려있는 하얀 뺨과 촉촉하게 젖은 듯한 눈동자, 나긋하게 뻗은 팔다리에 이르기까지 소년은 마치 정교하게 빚어진 도자기 인형처럼 아름다웠다. 베일처럼 몸에 두른 신성한 분위기는 천사와 같아서, 어슴푸레한 어둠 따위는 훅 달아나버릴 것만 같았다.

극비 멤버인 쿠죠 텐임이 틀림없었다.

'이 아이가…….'

극비로 한 이유를 보자마자 알 수 있었다. 침을 삼키고 조심스레 가쿠 쪽으로 시선을 돌렸는데, 가쿠의 얼굴에도 당혹스러운 기색이 역력했다. 당장에라도 클럽을 때려 부술 것 같던 기세가 청아한 소년을 앞에 두자 사라진 눈치였다.

가쿠는 비 맞은 아기 고양이에게 다가가듯이 조심스럽게, 부드럽게 말을 건넸다.

"……네가 쿠죠 텐이야?"

그때의 광경을 류노스케는 평생 잊을 수 없을 것이다.

더러움을 일체 모르는 천사와 같은 미소년의 입가에 미소가 걸렸다. 류노스케는 부드럽고 달콤한 미소를 기대했는데, 그 얼굴에 새겨진 미소는 몸을 얼어붙게 만들 것만 같은 냉소였다.

유리알 같은 눈동자를 오만하게 뜬 채, 쿠죠 텐은 두 사람에게 조소를 날렸다.

“맞아. 나도 하나 묻자. 어느 쪽이 독이 바짝 오른 야오토메 사장의 아들이야?”

아연한 표정을 짓고 있는 두 사람을 보며, 텐은 카운터 의자에서 내려왔다.

사람을 유혹하는 소악마처럼 유유히 고개를 갸웃 하며, 가차 없이 신랄한 말을 내뱉었다.

“조금 전에 매니저한테서 전화가 왔어. 아빠가 말을 안 들어주니까 매니저를 따돌리고 떼쓰러 온 거지? 그래, 내가 상대해 줄게. 내가 떼쟁이를 좀 다룰 줄 알거든.”

퍼뜩 정신이 든 가쿠에게서 훅 하고 분노의 기색이 느껴졌다.

역시 가쿠는 사장 아들이었구나. 그런 생각을 하고 있는 류노스케 앞을 지나 가쿠는 텐에게로 걸어갔다.

체구가 작은 소년을 내려다본 가쿠는 눈을 부라리며 말했다.

“우린 잘 맞을 것 같다, 쿠죠 텐. 난 착각에 빠진 애송이를 상대하는 데 도가 텄거든.”

텐의 미소가 한층 더 짙어졌다.

“만나서 반갑다, 야오토메 주니어. 믿고 있던 아빠가 센터를 안 시켜줘서 아쉽게 됐네. 여긴 나밖에 없으니까 괴롭히고 싶으면 지금 해."

텐이 도발하자 단정하기만 했던 가쿠의 얼굴이 험악해졌다. 류노스케는 불꽃이 튈 것 같은 두 사람에게서 한시도 눈을 뗄 수 없었다.

"웃기지 마. 내 눈으로 내 미래를 확인하러 온 것뿐이야. 센터가 너건 이 녀석이건 상관없어. 실력이 아닌 더러운 돈이 움직인 게 아니라면 말이야."

가쿠는 거기서 말을 끊고 클럽 안을 둘러보며 물었다.

"어린애를 울리는 취미는 없어. 네 후원자는 어디 있지? 쿠죠인지 뭔지 하는……."

"그렇게 쉽게는 안 되지. 난 당신을 울릴 생각으로 여기 왔으니까."

입매를 끌어올리며 텐은 머리카락을 쓸어넘겼다. 오싹할 만큼 냉철하고 또 아찔한 동작이었다.

"그래서 쿠죠 씨한텐 돌아가 달라고 했어. 신세 진 사람 앞에서 예의 없는 모습을 보이고 싶진 않으니까."

"……건방 떨지 마, 애송아. 어디 다시 한번 말해 봐!"

"가쿠, 그만해!"

가쿠에게 멱살을 잡히자, 텐은 얼굴에서 미소를 지웠다.

분노가 서린, 진지한 눈빛으로 가쿠를 똑바로 바라본다.

그건 죽을 만큼 노력을 해온 사람만이 보일 수 있는 표정이었다. 어부였던 류노스케의 아버지가 바다를 만만하게 여기는 사람에게 화를 낼 때의 표정과 똑같았다. 일에 대한 애정과 자부심에서 우러나오는 반발이다.

이 아이는 그냥 미소년이 아니다.

어쭙잖은 이유로 센터로 뽑힌 게 아니지 않을까.

가쿠 역시 센터가 되고 싶어서 떼를 쓰는 부류의 인간이 아니다. 알게 된 지 얼마 안 되었으나 그 짧은 시간은 가쿠의 직선적인 성격을 파악하기에 충분했다.

'두 사람은 오해하고 있어. 내가 중재해야 해. 음…….'

대치하고 있는 두 사람 사이에서 류노스케는 천장을 바라보며 입술을 달싹였다. 필사적으로 사투리를 표준어로 바꾸려고 애쓰며.

외계인과 교신하는 듯한 류노스케를 보며, 일촉즉발 사태처럼 보였던 두 사람이 동시에 의아해했다.

"뭐 하는 거야……?"

"텔레파시……?"

"내 말 좀 들어봐. 전부 오해야. 둘 다 진지해서 그래. 나는 알아."

두 사람은 눈을 동그랗게 뜨고 류노스케를 바라보았다.

"알다니?"

"만난 지 얼마나 됐다고?"

"알아. 음……. 잠깐만 있어봐."

류노스케는 몸을 날려 카운터 안으로 들어갔다. 달그락거리며 잔을 꺼내, 큰소리로 두 사람에게 물었다.

"너희는 몇 살이야?"

"스물."

"난 열여섯."

"뭐야, 진짜 애였잖아?"

가쿠의 말에 텐의 눈썹이 꿈틀거렸다. 두 사람이 다투기 전에 류노스케는 위스키병을 꺼내들었다.

"난 스물하나. 그럼 텐은 주스 마셔."

두 개의 잔에는 위스키를, 하나의 잔에는 사과주스를 따른다. 류노스케는 통으로 대여한다는 것과 무한리필을 혼동하고 있었기 때문에 가게 물건을 건드리는 데에 거리낌이 없었다.

"뭘 하려고?"

"같이 한잔하고 춤춰보면 그 사람 인성을 알 수 있대."

단언하는 류노스케에게 텐이 재미있다는 듯이 다가왔다.

"누구 명언인데?"

"우리 아버지. 마음에 안 드는 상대여도, 같이 마시고 춤추면 친구가 된대."

카운터에 팔꿈치를 괸 가쿠가 잔을 들었다. 류노스케는 멋있다고 감탄했지만, 텐은 쓸데없이 폼만 잡는다는 눈초리를 보냈다.

폼을 잡고 있다는 자각이 없는 가쿠는 순수히 칭찬의 말을 담으며 웃었다.

"멋진 아버지네. 좋아, 마시고 춰보자고. 넌 내가 무능한 2세만 아니면 되는 거지?"

"당신도 내가 돈으로 센터를 산 게 아님을 증명하면 납득하겠지. 좋아. 춰줄게. 단, 문제가 하나 있어."

"문제?"

텐이 진지한 얼굴로 물어보았다.

“사과주스로 어떻게 취하면 돼?”

가쿠와 류노스케는 시선을 교환하고는 텐의 잔에 자신들의 잔을 갖다 댔다. 세 개의 잔이 맞부딪히며 짠 하는 소리가 울렸고, 두 사람은 적당히 대꾸했다.

“사과로 흥분해 봐.”

“즐거운 걸 생각하면 되지 않을까?”

“……무책임한 어른들…….”

툴툴거리듯 중얼거리며 텐은 사과주스를 원샷했다.

토라진 표정이 텐을 제 나이로 보이게 했고, 그게 귀여워 류노스케는 미소를 지었다. 이 아이를 좋아하게 될 것 같다고 생각했다.

이 팀을 좋아하게 될 것 같은 예감이 든다.

알코올을 목뒤로 넘긴 류노스케는 대담해진 기분이 들었다. 춤을 추고 싶어 몸이 근질거렸다.

DJ 부스로 들어간 가쿠가 이런저런 기기를 만지작거는데 클럽 조명이 확 켜졌다. 홍수가 난 것처럼 클럽 안이 댄스뮤직으로 가득찬다. 형형색색의 미러볼이 빛을 반사했고, 형광 레이

저가 그들을 훑고 지나갔다.

눈부신 조명과 리듬이 텐션을 올렸다. 클럽 중앙에 남겨진 카운터 의자를 텐이 발로 밀었다. 카운터 의자는 발레리나처럼 빙글빙글 돌다가 카운터에서 나오던 류노스케에게 잡혔다.

아무 말 없이 세 사람은 저절로 클럽 중앙에 모였다.

신호도 없이 동시에 스텝을 밟는 세 사람.

영혼이 약동했다.

쿵쿵 울리는 저음의 베이스에 발을 찍고, 은하를 질주하는 듯한 신디사이저 소리에 턴을 돌았다. 흥분. 고양. 환희. 쾌감. 함께 몸을 흔들수록 그 어떤 말을 듣는 것보다 수많은 감정이 넘실거렸다. 튀어나온 감정들은 마치 음악처럼 몸에서 마음으로 전달됐다.

'……광장해…….'

두근거렸다. 심장이 요동쳤다. 첫 경험처럼 자극적이고, 첫사랑처럼 가슴 설렜다. 류노스케, 가쿠, 텐은 땀을 흘려가며 춤에 빠져들었다.

'기분 좋아.'

서로 경쟁하듯이, 서로를 받쳐주듯이, 세 사람의 기술과 경

힘이 클럽 안에 응축된다. 부딪치고, 받아들이고, 영향을 준다. 류노스케는 목도리를 풀었다.

겉옷과 함께 높이 던졌다.

음악과 빛이 소용돌이치고 끓어오르는 충동에 몸이 멈추질 않았다. 손끝까지 피가 돌면서 몸이 자유자재로 움직였다. 춤의 정령에게 빙의된 듯한 쾌감. 가쿠의 진심이 텐을 도발하고, 텐의 자존심이 류노스케의 환희를 자극했다. 류노스케의 환희가 가쿠를 더욱 더 진심으로 춤추게 했다.

다른 누구하고도, 누가 하나가 빠져도, 결코 맛볼 수 없는 최고의 일체감.

이날 밤, 그들은 TRIGGER와 사랑에 빠졌다.

"……헉, ……헉……."

춤을 마치자 온몸이 저릿한 달성감으로 가득했다. 땀을 닦고 물을 마신 다음, 류노스케는 숨을 헐떡이며 웃었다.

"……헉, 도쿄의 겨울은, 추운 줄로만, 알았는데……."

바닥에 내팽개쳐진 목도리를 보며, 류노스케는 환하게 웃었다.

"오늘 밤, 처음으로 덥게 느껴졌어."

가쿠가 웃었다. 텐도 웃고 있었다. 가쿠가 손등으로 텐의 어깨를 기분 좋게 툭 쳤다.

"인정해줄게. 네가 우리 센터다."

텐의 눈이 커졌다.

악수하기 위해 내밀어진 가쿠의 손을 텐은 무시했다. 화가 난 걸까 싶어 류노스케는 안절부절 못했지만, 텐은 민망해하고 있었다.

"고마워."

텐은 가쿠의 손을 치며 무뚝뚝하게 말했다. 마주친 서로의 손바닥에서 호쾌한 소리가 울렸다.

마치, 총성처럼.

서로를 매료시킨 TRIGGER는 순식간에 전국을 매료시켰다.

보통 아이돌 그룹은 정식 데뷔를 하기 전에 험난한 과정을 거친다. 사전 작업 없이 툭 데뷔를 해봤자 아무도 주목해주지 않는다. 화제를 얻지 못하고 그대로 해체되는 경우도 있다.

그러나 프로모션 자금과 업계에 연줄이 있으면 얘기가 달라진다. 야오토메 프로덕션은 대형 기획사였다. 그것도 시청률을 보장하는 아티스트들을 대거 보유한, 연예계에서도 손꼽히는 대형 기획사였다.

그런 소속사에서 사장의 아들과 비밀 병기라 불리는 아티스트, 지방에서 스카우트해온 스타 유망주 셋을 묶어 데뷔시키는 그룹.

큰 파장을 일으킬 것을 모두가 예감하고 있었다.

실제로 야오토메 사장의 전략은 맹공이라고 해도 좋을 전략이었다. 기자회견장부터 거물급 아티스트들을 동원했다. 그리고 기자회견 당일 TRIGGER를 모델로 한 CF가 전국적으로 방영됐다. 심지어 사람들이 발매를 기다리던 스마트폰 CF였다.

헐리우드 스타만을 기용했던 휴대폰 회사가 처음으로 기용한 일본인 아티스트. 그것이 남자 아이돌 그룹 TRIGGER였다.

"그 CF에 나온 거 누구야?"

귀에 꽂히는 섹시한 음악과 매력적인 미남들에게 관심을 갖지 않기란 어렵다. 그 이름을 알게 됐을 때, 사람들은 이미 그들에게 매료되어 있었다.

"TRIGGER에 대해 좀 더 알고 싶어!"

시청자들의 수요에 응답하듯, TRIGGER는 미디어를 점령했다. 음악 프로그램, 토크쇼, 정보 프로그램 등등. 한 달 뒤 잡지 표지의 대부분을 TRIGGER가 장식했다.

"이런 기세는 전설의 아이돌 제로 이후 처음 아냐?"

기다리고 기다렸던 싱글 발매일, 전국 인터넷 방송국이 있는 관광도시에서 발매를 기념해 게릴라 라이브가 열렸다. 쇼핑 혹은 관광차 왔던 사람들은 단숨에 라이브 공연장에 몰렸고, 몰려온 인파가 화제가 되어 다시 TV를 탔다.

이렇게 TRIGGER는 데뷔한 순간부터 스타일 수밖에 없는 스타가 되었다.

물론 모든 건 그들의 실력이 뒷받침되었기에 가능했다. 성공적으로 프로모션을 마쳤더라도 알맹이가 없으면 밤하늘에 쏘아진 불꽃처럼 사그라져 버린다. 그들의 외모와 노래와 춤, 모든 것이 사람들을 매료시켰기에, 사라지지 않는 무지개처럼 TRIGGER는 하늘에 머무를 수 있었다.

하지만 외면적으로 대성공을 거둔 TRIGGER의 속사정은 그리 순탄하지만은 않았다.

"이중인격자 애송이."

"가쿠의 프로의식이 부족한 거잖아."

대기실에서는 메마르고 차가운 매도가 오갔다. 류노스케는 곤혹스러워하며 언쟁을 벌이는 두 사람을 바라보았다.

텐이 프로의식이라곤 없는 어린아이일 거란 가쿠의 걱정은 처음 만난 날 해소되었다. 오히려 텐은 베테랑마저 한 수 접을 만큼 프로의식이 높았다.

무대에 대한 텐의 자세는 어중간하지 않은 정도가 아니었다. 어떤 트러블이 있었건 간에 무대에서는 반드시 미소를. 하지만 무대에서 내려오면 엄격한 전문가의 얼굴로 돌아온다. 그게 솔직하게만 살아온 가쿠의 눈에는 사기꾼처럼 보였다.

"나랑 큰소리로 싸운 주제에 관객들 앞에서는 친한 척하고."

"친한 척? 착각하지 마. 사이가 나쁜 우리를 누가 좋아하겠어? 무대 위에서 서로에게 웃어주는 건 팬을 위한 최소한의 의무야."

"나랑 싸우는 것보다 팬서비스가 우선이냐!"

"당연하지. 가쿠야말로 억지 그만 부려. 무대는 너 혼자 하는 게 아냐. 우리를 무대에 세우기 위해 수백 명의 사람들이 움직여주고 있다고. 네 기분 하나에 수많은 스태프들이 휘둘려야겠어?"

"그런 뜻이 아니잖아. 넌 너를 순수한 천사로 믿는 팬들을 속이는 데 대한 죄책감도 없냐?! 난 나 자신을 속여서까지 퍼포먼스를 하고 싶지 않고, 억지 웃음을 흘리고 싶지도 않아!"

"그럼 아이돌을 관두지 그래?"

"이 자식이……!"

"둘 다 그만 해!"

류노스케가 제지할 때까지 텐과 가쿠는 싸웠다.

두 사람의 주장은 다 맞다고 생각한다. 팬을 소중히 여기기 때문에 철저히 완벽한 모습을 꾸며내는 텐과 철저히 거짓말을 배제하는 가쿠. 류노스케는 어느 한 쪽을 고를 수 없었다.

류노스케에게도 고민은 있었다. 야오토메 사장이 류노스케에게 캐릭터성을 부여하려 한 것이다. 직접적으로 거짓말을 한 건 아니지만, 주어진 일을 하다 보니 류노스케에게는 어떤 특정 이미지가 생겼다.

셀럽에다 섹시하고 다정한 플레이보이.

'……대체 누가…….'

류노스케는 거울을 보며 한숨을 쉬었다. 여자들에게 인기가 없던 건 아니지만, 여자들과 놀고 다닌 적은 없다. 호텔왕은 어머니의 재혼상대일 뿐, 친아버지는 검소한 어부다.

배가 망가지는 바람에 아버지에게 빚이 생겼다. 빚이 있다고 하면 안 좋은 이미지가 생길 테니, 사장님은 친아버지에 대해서는 공개적으로 밝히지 말라고 했다. 이유는 이해한다. 하지만 난 아버지의 직업을 부끄럽게 생각한 적 없고, 어머니의 재혼상대의 아들로 들어간 적도 없다.

그럼에도 호텔왕의 아들로 알려지는 바람에 머나먼 오키나와에서 아버지 홀로 씁쓸해하고 있지는 않을지 죄송스럽기만 한 류노스케였다.

하지만 이미지에 좌우되는 건 어쩔 수 없는 부분인지도 모른다. 류노스케조차 멤버들에게 선입견을 갖고 있었다. 예를 들어, 카리스마가 넘치는 미모를 지닌 가쿠가 매일 밤 여자들이랑 놀고 있을 거라는 식으로.

“류까지 날 그런 식으로 보고 있었냐?!”

넌지시 물어보자, 가쿠는 경악하며 실망한 기색을 숨기지 않았다.

"아, 아니 그게……. 일이 끝나면 금방 어디로 사라지니까……."

이 무렵에는 류노스케도 표준어에 상당히 익숙해져 있었다. 가쿠는 머리를 벅벅 긁으며 토라진 것처럼 팔을 괴며 말했다.

"너무하네. 난 할아버지를 도와주러 간 건데."

"할아버지?"

"이혼한 어머니의 아버지. 가게를 하시는데 연세가 좀 있으시거든."

"그랬구나!"

가쿠와 야오토메 사장은 그리 좋은 부자 관계가 아니었다. 가쿠의 가정환경을 딱하게 여겼던 류노스케는 다른 곳에 가정적인 유대감이 있단 걸 알고는 진심으로 기뻐했다.

"기특하네, 가쿠."

류노스케가 칭찬하자 가쿠는 수줍게 웃었다.

"하하. 그 정도는 아니고 그냥 가게를 돕는 게 좋아서 하는 거야. 아버지는 싫어하시지만."

"야오토메 사장님이……."

"그 사람 머릿속에는 언제나 돈과 야심밖에 없거든. 어머니랑 이혼하면서 내 친권을 가져간 이유도 내게 상품 가치가 있어서였으니까."

"……그럴 리가……."

"진짜야. 류도 겪어봐서 알잖아. 그 사람한테 사람은 상품 아니면 돈줄 아니면 장사의 방해물이지. 장례식도 비즈니스 기회로 보는 인간인데."

가쿠는 쓰게 웃었다.

확실히 야오토메 사장은 냉철한 인물이었다. 그렇기 때문에 회사를 이렇게까지 키워낼 수 있었던 것이겠지만, 안 좋은 소문도 떠돌고 있는 게 사실이었다.

가쿠는 사이가 좋지 않은 아버지에 대해서보다, 류노스케가 아까 했던 말 때문에 한숨을 쉬었다.

"그보다 잘 놀 것 같다는 소리를 자주 듣는데……. 내가 그렇게 가벼워 보이나?"

가쿠는 진지했다. 가쿠가 경박해 보인다거나 그래서가 아니라, 사람들의 바람이나 이미지 때문에 그럴 것이다. 가쿠처럼 생겼으면 어떤 여자든 넘어올 테니 그런 환상을 품는 것이다.

텐도 마찬가지였다.

“텐은 학교 어떻게 했어?”

이동 중 차 안에서 류노스케는 별 생각 없이 텐에게 물었다. 텐은 아직 고등학생이다. 하지만 그 정도의 재능이 있다면 학업쯤은 소홀히 해도 되지 않을까.

그러나 의외의 대답이 돌아왔다.

“해외 고등학교 과정을 월반해서 지금은 대학생이야. 졸업을 할 수 있을지는 모르겠지만.”

“그랬구나. 월반이라니 머리가 좋구나…….”

“필사적으로 공부해서 학점을 채운 것뿐이야. 조금이라도 빨리 일하고 싶었으니까.”

텐은 입이 험했지만 노력가에 성실한 성격이었다. 그리고 일과 관련이 없는 데서는 온화하고 다정한 아이였다.

특히 어린애들에게 다정했다. 울고 있는 아이가 있으면 그 누구보다 빨리 찾아 달려갔다. 아이를 달래는 텐의 미소는 무대 위에서 보여주는 눈부신 미소와도, 대기실에서의 냉소와도 전혀 달랐다. 아이를 달래는 데 능숙한, 녹아버릴 것만 같은 상냥한 미소다.

“왜 그래? 엄마를 잃어버렸니……?”

그럴 때의 텐은 매우 온화해 보였지만, 어딘지 모르게 쓸쓸해 보이기도 했다.

류노스케는 텐의 가족에 대해 몇 번 물으려 했지만 그만두었다. 텐은 개인사를 얘기하고 싶어하지 않았다.

"류는 참 과묵해."

그래서 비밀주의인 텐에게 그런 말을 들었을 때, 류노스케는 상당히 놀랐다. 류노스케는 과묵하다는 소리를 들은 적 없다. 대기실에도 분위기를 생각해서 잡담을 일부러 하는 축에 속했다.

"류는 외모도 멋지고 하는 말도 멋지니까 좀 더 말을 해도 좋을 텐데."

"난 얘기한다고 하는 건데……."

"그런가? 진정하라거나 그만두라는 소리는 자주 듣지만……."

텐은 그 이상 뭐라 하지 않았다. 그저 눈을 감고 웃었다.

두꺼운 목도리에 코끝을 묻듯이, 턱을 깊이 숙인 채.

연예계에 들어가고 나서 알았는데 잘 나가는 사람, 일류로 분류한 사람일수록 성실한 인격자다. TV에서 아무 생각 없이 웃는 것처럼 보여도, 사실은 예의 바르고 뒤에서 필사적으로 공부를 한다. 당연하다면 당연한 얘기다. 이곳은 별처럼 많은 사람들 중에서도 선택받은 프로가 모인 곳이다. 프로가 프로의 일을 하는 만큼, 무례한 사림이나 의욕 없는 사람은 도태돼 간다.

연예계라는 급류 속을 자신의 두 다리로 단단히 버티고, 다른 사람의 신뢰를 얻지 못하면 밑바닥까지 떠내려갈 수밖에 없는 것이다.

그렇기 때문에 자신의 주장을 굽히지 않고, 시행착오를 겪고, 충돌이 끊이지 않았다. 오늘도 대기실에는 고성이 오가고 있었다.

“이 망할 자식……. 넌 엄마 배 속에 연장자를 대하는 예의를 두고 태어났냐?!”

“가쿠야말로 잘생기게 낳아준 부모님께 감사하는 게 좋을 거야. 사람들이 숨 막히는 너의 그 열혈 성격에 맞춰주는 건 순전히 네 얼굴 때문이니까. 네 주장이 좋았기 때문이 아니라.”

“이제 그만하자! 둘 다……!”

이것도 두 사람이 진지하기 때문이다. 알고 있다. 알고 있지만 류노스케는 매일 한숨을 내쉴 수밖에 없었다.

'우리는 좀 더 친해질 수 있을 텐데…….'

노랫소리가 겹치는 것처럼, 같은 스텝을 밟아 춤을 추는 것처럼, 마음도 하나로 모을 수 있을 텐데.

이대로 가다가는 언젠가 서로 어긋나고 어긋나, 노래와 춤 모두 제각기 흩어지는 게 아닐까.

그런 불안함을 안고 있으면서도 TRIGGER의 쾌조는 계속되었다.

TRIGGER의 목표는 재팬 아이돌 뮤직 어워드, 줄여서 JIMA 신인상 노미네이트 그리고 우승이었다.

우승하면 연말 방송되는 역사적인 음악프로그램인 블랙 오어 화이트 뮤직 판타지아 남성 아이돌 부문 출장권을 얻을 수 있다. 그리고 전년도 우승자를 이기면 TRIGGER는 명실상부 이번 연도에 데뷔한 수많은 보이그룹의 탑으로 군림할 수 있다.

그렇게 승리를 거두어가면 몇 년 뒤에는 가수로서 최고의 영예, 블랙 오어 화이트 뮤직판타지아 종합우승에까지 이를 수 있을지도 모른다.

가쿠도, 텐도 승리를 거머쥘 생각이었다.

야오토메 사장 또한 마찬가지였다. 그렇기에 승리를 확실시하기 위해 야오토메 사장은 그런 전략을 세운 건지도 모른다.

"자선 라이브 공연이요?"

"그래. JIMA 전에 열릴 거야."

야오토메 사장이 설명했다. 5년 전 공장 화재로 인해 수많은 사상자가 난 후 폐교된 초등학교. 가슴 아픈 화재 사건을 사람들은 차츰 잊어갔으나, 5년이 지난 올해 위령제를 지내기로 했고 그에 맞춰 자선 공연을 열 계획이라고 했다.

가슴 아픈 사고를 겪은 사람들의 마음을 위로하기 위해 노래한다는 건 가수로서도 자랑스러운 일이었다.

그러나 야오토메 사장의 이어진 한 마디에 세 사람은 할 말을 잃었다.

"마침 잘 됐어."

뭐가 잘 됐는지 물어볼 것도 없었다.

JIMA 개최 전에 TRIGGER의 이름을 알리려는 것이다.

야오토메 사장이라면 그러고도 남았다. 야오토메 프로덕션은 이름 있는 거대 연예기획사지만, 더러운 수법으로 돈을 번 기업으로도 유명했다.

유명 가수가 죽으면 적극적으로 커버 싱글을 냈고, 돈과 권력으로 독점하여 라이벌 회사의 아티스트를 철저하게 짓밟았다.

비극마저 비즈니스 기회로 삼는다는 소문도 그중 하나였다.

“너희끼리 공연을 하면 이름을 알리려 그런다고 비난할 자들이 있을 테니, 비난을 줄이기 위해 TRIGGER와 Re:vale의 공동 공연으로 할 거다.”

“Re:vale와……?”

“그래. 그쪽도 받아들였어.”

Re:vale는 블랙 오어 화이트 뮤직 판타지아에서 종합우승을 받은 바 있는 2인조 톱 아이돌이었다. 일본을 대표하는 아티스트라고 해도 될 정도다.

거물급 아티스트와 공동으로 개최하는 자선 공연. 잘됐다는 사장의 말만 안 들었어도 전력으로 임했을 것이다. 자기 자신을 위해, 그리고 피해를 입은 사람들을 위해.

그러나 그들은 듣고야 말았다. 알게 된 것이다.

우리를 알리기 위해 사장이 자선 공연을 계획했다는 것을.

“잠깐만…….”

"이미 결정된 사안이야. 아들이라지만 일개 아티스트가 참견할 일이 아니야."

"그딴 일은 안 해! 우리는……."

"건방 떨지 마! 너희에게 일을 고를 권리란 없다!"

사장의 일갈과 함께 TRIGGER는 사장실에서 쫓겨났다.

제일 타격을 받은 건 가쿠였다. 회사 연습실에서 머리를 쥐어싸매고 고개를 들지 못하고 있다. 연습실 벽면 거울로 축처진 가쿠의 모습이 보였다.

슬픔과 좌절과는 인연이 없는 성공자라 불리는, 야오토메 가쿠의 모습으로 보이지 않았다.

"웃기지 마……. 이런 짓까지 하면서 팔리고 싶진 않아. 이렇게 해서 팔릴 바엔 여기서 끝나는 게 나아!"

류노스케는 가쿠의 심정을 뼈저리게 이해할 수 있었다.

텐은 표정을 지운 채, 자기 스스로에게 들려주는 것처럼 단호하게 말했다.

"……당시 초등학생이었던 사람들은 무료로 초대를 받았고, 티켓값은 기부가 될 거래. ……우리가 하는 일이 헛수고는 아닐 거라 생각하자."

텐은 눈을 감았다 뜨고, 매달릴 듯한 얼굴로 류노스케를 바라보았다.

텐의 그런 표정은 처음이었다. 류노스케가 당혹스러워하는 사이, 가쿠가 고함을 쳤다.

“영혼을 팔면서까지 무대에 서고 싶어?!”

평소 가쿠가 뭐라고 해도 냉정하게 받아쳤던 텐이 이번만은 격앙된 목소리로 대꾸했다.

“솔직히 말해서, 너희 아버지 발언은 최악이야! 나조차도 역겹다고. 그래도 기다리는 사람이 있다면, 가서 노래하는 게 맞아. 그게 우리 일이야!”

“말은 잘 하네! 비극, 미담 모두 돈벌이 수단으로 이용되고 있다고! 돈이 되는 우리가 여기 있어서!”

가쿠는 얼굴을 구기며 일어나 연습실 밖으로 나갔다.

류노스케는 서둘러 가쿠의 뒤를 쫓았다.

“어디 가려고?!”

“아버지한테. 이런 공연은 중지시켜야 해! 중지하지 않으면 내가 TRIGGER를 그만두겠어!”

“가쿠!”

"류는 아무렇지도 않아? 류도 못 참겠잖아!!"

"……난……."

류는 입술을 꾹 다물었다.

선택할 수 없었다. 가쿠의 주장도 맞고, 텐의 주장도 맞았다.

류노스케가 침묵하자 슬픔에 찼던 가쿠의 얼굴에 낙담의 빛이 서렸다.

"왜 아무 말도 안 해……? 왜 류는 항상 아무 말도 안 해주는 거냐고."

류노스케의 눈이 커졌다. 서운해 보였던 텐의 말이 떠올랐다.

―류는 참 과묵하네.

그제야 깨달았다. 두 사람은 내가 주장하기를 바란 거다. 완전무결한 야오토메 가쿠도, 프로의식이 높은 쿠죠 텐도 내 의견을 구하고 내게 조언을 원했던 것이다.

가쿠와 텐의 존재가 압도적이고 눈이 부셔, 내가 서있는 위치를 놓치고 있었다.

'두 사람은 오래전부터 내게 의지해온 게 아닐까…….'

TRIGGER의 사이가 좋지 않다고, 언젠가 끝날 것 같다고 한탄만 했던 멍청이는 바로 나였다.

"……알아따 마. 인자 내한테 맡기라."

"뭐……? 뭐라고……?"

류노스케는 앞장 서서 사장실로 향했다. TRIGGER의 리더는 가쿠고 센터는 텐이다. 하지만 맏형은 나다.

'고향의 가족처럼, 내가 온몸으로 두 사람을 지켜줘야 해!'

고독하고 추웠던 겨울, 처음으로 사람의 온기를 느끼게 해줬던 두 사람.

TRIGGER는 내게 제2의 가족이다.

"실례하겠습니다!"

류노스케는 기세 좋게 사장실 문을 열었다.

그때 류노스케는 텐을 처음 만나러 갔던 가쿠와 똑같았다. 당장에라도 때려 부술 것 같은 기세로 들어갔는데, 생각지 못한 인물을 보고 머릿속이 새하얘졌다.

사장실에는 톱 아이돌 Re:vale가 있었다.

"앗, TRIGGER의 츠나시 류노스케다! TV에서 보는 것보다 더 와일드하고 섹시하네!"

사랑스러운 미소로 뒤를 돌아본 인물은 Re:vale의 모모였다.

그 옆에 Re:vale의 유키가 쿨한 미소를 지었다.

"야오토메 사장님의 비장의 아이도 있잖아? 안녕, 가쿠 군. 안기고 싶은 남자 No.1이 된 거 축하해. 나도 너한테 투표했어."

농담에 웃지도 못한 채, 갑작스러운 Re:vale의 등장에 류노스케와 가쿠 둘 다 어안이 벙벙했다.

Re:vale 두 사람은 절세의 미남은 아니다. 가쿠가, 혹은 텐이 외모로는 더 빼어날지도 모른다. 하지만 그들에게는 톱의 자리를 놓치지 않은 아이돌의 분위기—말로 표현할 수 없는 아우라—가 있었다.

"무슨 일이지?"

그 너머에서 데스크에 앉아있는 야오토메 사장이 불쾌하다는 듯이 눈썹을 까딱였다. 류노스케가 입을 열기 전에 등 뒤에서 누가 이렇게 말했다.

"자선 라이브 공연 얘긴 받아들일 수 없습니다."

텐이었다.

뒤돌아본 류노스케와 가쿠의 눈에, 방 입구에서 사장을 노려보는 텐의 모습이 들어왔다.

쿵 하고 가슴이 뜨거워진다.

"개최의 옳고 그름이 뭔지 저는 모릅니다. 하지만…… 반대하는 멤버가 있다면 저는 진심으로 노래할 수 없을 것 같습니다."

그 대사의 어디까지가 진심이었는지는 모른다. 그러나 텐이 이렇게 자신들을 위해 달려와 주었다.

흥분. 고양. 환희. 쾌감. 처음으로 함께 춤을 추었던 그때처럼, 그 어떤 말을 들었을 때보다 수많은 감정이 넘실거렸다. 튀어나온 감정들은 마치 음악처럼 서로의 몸에서 마음으로 전달됐다.

'우리는 하나다.'

"부디 저희의 의견을 받아들여주세요."

두근거렸다. 심장이 요동쳤다. 첫 경험처럼 자극적이고, 첫사랑처럼 가슴 설렜다. 류노스케, 가쿠, 텐은 약간의 두려움과 자신들의 감정이 하나가 되는 흥분감에 몸이 저릿저릿했다.

그날 밤 TRIGGER와 사랑에 빠졌다. 사랑에 빠진 상대에게 상처를 입힐 수는 없다.

서로 경쟁하듯이, 서로를 받쳐주듯이, 셋이 함께 했던 시간이 이 사장실에 응축되었다.

TRIGGER

"아버지……."

넘실대는 감정에 몸을 떨며 가쿠가 꾹 입술을 깨물었다. 타앗. 안무 동작을 시작하는 것처럼 셋이 동시에 야오토메 사장을 응시했다.

전국을 매료시킨 TRIGGER의 뜨거운 눈빛이 한 군데로 향했다.

"더러운 방법을 쓰지 않아도 JIMA에서 우승할 거야! TRIGGER의 이름을 세상에 알릴게!"

"사장님, 부탁드려요! JIMA에서 우승한 다음에 다시 한번 아이들을 위한 자선 공연을 열어주세요! 가쿠나 텐, 그리고 저의 긍지에 상처를 내지 말아주세요!"

TRIGGER가 한 목소리로 거부하자, 야오토메 사장은 곤혹스러운 기색을 내비쳤다.

"왜 그렇게 싫어하는 거지?"

"당연하잖아! 자선 공연을 이름을 알리는 데 딱 좋다며 이용하려 드니까……."

"……아하하하하!"

그때 갑자기 들려온 모모의 웃음소리가 가쿠의 목소리를 지워 버렸다.

아연해하는 TRIGGER 앞에서 배꼽을 쥐고 웃으며 모모는 고개를 저었다.

"아냐, 아냐. 그건 아이들이랑 약속을 지키기에 딱 좋다는 의미야. 다시 꼭 자선 콘서트를 하겠다고 약속했었거든."

"다시……?"

"몰랐어? 너희 회사는 사고가 났던 당시에도 자선 콘서트를 열었었어. 다른 기업을 솔선해서."

그들은 눈을 동그랗게 뜨고 야오토메 사장을 바라보았다. 사장의 책상을 짚으며 유키는 쿡쿡 웃었다.

"평소 행실이 나쁘니 아이들한테 의심을 사죠, 사장님."

야오토메 사장은 불쾌하다는 듯이 눈썹을 까딱 했다.

"그렇게 뻔한 수법으로 이름을 팔진 않아. 괜한 오해로 회의를 방해하지 마라."

가쿠는 눈을 꿈뻑이며 믿을 수 없다는 듯이 아버지 얼굴을 응시했다.

"자선 공연 같은 걸 했다고……? 머릿속에 돈밖에 없는 사람이 왜……?"

야오토메 사장은 난처하다는 듯이 고개를 돌렸다. 그리고 툭 하고 작은 목소리로 대답했다.

"나의 모교다."

일말의 애교심도 없을 것 같은 남자의 말에, TRIGGER 세 사람은 그제야 진실을 깨달았다.

이름을 알리기 위해 자선 공연에 참석시키려 한다는 건 오해였다. 그리고 마침 잘됐다고 말한 뜻은 순전히 위령제가 자선 공연을 열기에 마침 딱 좋았기 때문이었다.

힘이 쑥 빠지며 깊이 한숨을 내쉬는 세 사람.

"……뭐야……."

"뭣들 하나. 얼른 나가."

민망한지 사장은 재빨리 축객령을 내렸다. 모모가 흐뭇하다는 듯이 TRIGGER 세 사람을 생글거리며 바라보며 말했다.

"근데 호흡이 딱 맞더라. 사이좋게 들이닥치는 게 말이야. 좋은 그룹이네, TRIGGER."

놀리는 듯한 모모의 말에 류노스케와 가쿠, 텐 세 사람은 서로를 바라보았다. 갑자기 민망해지면서 뺨뿐 아니라 손가락 끝까지 빨개졌다.

재미있다는 듯이 그런 그들을 바라보며, 유키가 팔짱을 끼며 말했다.

"선언도 잘 들었어. JIMA에서 우승하겠다고? 우승해서 올라와. 너희가 블랙 오어 화이트 뮤직 판타지아에 설 날을 기대할게."

존경하는 스타의 다정한 도발을 듣고 몸이 더욱 뜨거워졌다. 민망함을 감추기 위해 무뚝뚝하게 가만히 있던 가쿠와 텐을 무시하고 류노스케가 입을 열었다.

민망할 정도의 큰소리로 단호하게.

"네, 꼭 뵈러 가겠습니다! TRIGGER는 최고의 그룹이니까요!"

류노스케가 큰소리로 대답하자 가쿠가 눈을 동그랗게 떴고 텐이 숨을 삼켰다. 두 사람 얼굴에 진정으로 기쁜 빛이 서렸다.

분명, 이런 순간을 기다려왔다.

위스키와 사과주스로 건배했던 것처럼, 세 사람은 손을 맞댔다.

기분 좋은 소리가 튕기듯 울렸다.

TRIGGER

마치, 총성처럼.

BANG!

TRIGGER와 Re:vale의 자선 공연은 성공리에 끝났다.

다시 겨울이 다가온다. 이번 겨울에는 추워할 틈도 없을 것이다. JIMA, 블랙 오어 화이트 뮤직 판타지아. 만족할 줄 모르는 도적과 영광의 순간이 TRIGGER를 기다리고 있다.

황금으로 된 총알을 가슴에 품은 채 질주를 계속한다. 그들의 전설은 이제 막 시작됐을 뿐이다.

〈END〉

나기의 고민

이즈미 형제의 일상다반사

TRIGGER☆파티

크리스마스엔 셋이서 파티하자
음식 해놓고 기다릴게.
…….
특제 고야참프루 크리스마스 버전
←일 마치고 들어가는 길.

흥.
우리는
비즈니스
파트너라고.
이런…
친구 사이
같은…
……
…….

선물은
초콜릿이면
되려나….

쿠울
커어
…….

그리고
1시간
뒤
뱝루퉁
미안해, 텐!
요리하며 둘이서
한잔
하다가
그만!!
잘못했어.

가쿠!
이렇게
되면
그것밖에
없어.
그거…?
어쩔 수
없지.
쏙닥 쏙닥

텐 형.
잘못했어,
텐 형.
아직
술이
덜 깸

그렇게
부르지
말아
줄래…?
그리고
오므라이스가
나오기 전까지
텐의 설교는
계속되었다.

After Word by Bunta Tsushimi

◆후기

만나뵙게 되어 반갑습니다. 츠시미 분타입니다.

소설 〈아이돌리쉬 세븐〉을 읽어주셔서 감사합니다. IDOLiSH7과 TRIGGER 멤버들의 이야기를 쓸 수 있어 즐거웠습니다. 독자 여러분께서도 조금이라도 즐겁게 읽어주시면 좋겠습니다.

게임 어플의 시나리오도 담당하고 있는데요, 처음에는 이렇게 큰 기획으로 이어질 줄은 생각지 못했기 때문에 놀라움의 연속이었습니다. 음악도 좋아해서 시나리오에 담긴 악곡 회의에 참가할 수 있었던 것도 제게는 귀중한 경험이었습니다. 멋진 기획에 참가할 기회를 주셔서 정말 감사합니다.

이 책을 발행하는 데 도움을 주신 모든 관계자 분들과, 멋진 삽화를 그려주신 타네무라 선생님 그리고 아이돌리쉬 세븐을 아껴주시는 모든 분들께 감사의 마음을 전합니다.

앞으로도 아이돌리쉬 세븐을 응원해주시면 감사하겠습니다.

After Word by Arina Tanemura

◆후기

만나뵙게 되어 반갑습니다. 만화가 타네무라 아리나입니다.

〈아이돌리쉬 세븐〉의 캐릭터 원안을 맡았었는데요, 이번에는 츠시미 분타 선생님의 소설 삽화를 맡게 되었습니다.

모든 에피소드가 제게는 보석처럼 반짝이기만 했고, 분타 선생님의 섬세한 표현과 세련된 센스에 작가라는 같은 직업을 가진 사람으로서 감탄을 금치 못했습니다.

전달받은 소설을 읽어가며 어떤 장면을 삽화로 그릴지 구상하는 과정이 굉장히 즐거웠습니다. 멋진 장면이 너무 많아 선별하기 어려웠는데요, 밸런스 등을 고민하고 고민한 끝에 이런 결과가 나왔습니다. 독자 분들께서 작품을 읽다가 장면을 상상하시는 데 도움이 되었다면 기쁠 것 같습니다.

회의 당시에는 지금보다 작은 기획이었는데, 많은 분들의 도움을 받아 커져가는 모습을 가까이에서 지켜볼 수 있다는 게 또 감개무량했습니다.

회의를 할 때마다 스태프들 모두가 게임을 깊이 사랑한다는 걸 느낄 수 있었습니다.

참가할 기회를 주신 스태프 분들, 삽화를 그릴 기회를 주신 츠시미 선생님 그리고 아이돌리쉬 세븐을 사랑해주시는 모든 분들께 감사의 마음을 전합니다.

앞으로도 많은 사랑 부탁드리겠습니다. 감사합니다.

소설 아이돌리쉬 세븐 유성에 빌다

2025년 1월 08일 초판 인쇄 2025년 1월 15일 초판 발행

소설 : BUNTA TSUSHIMI
캐릭터 원안·일러스트 : ARINA TANEMURA
원작 : BANDAI NAMCO Online
역자 : 한나리
발행인 : 황민호
콘텐츠2사업본부장 : 최재경
책임편집 : 유수림 / 임효진 / 김영주
발행처 : 대원씨아이(주)

서울특별시 용산구 한강대로 15길 9-12
전화 : 2071-2000·FAX : 6352-0115
1992년 5월 11일 등록 제 3-563호

SHOSETSU IDOLISH SEVEN RYUSEI NI INORU
by BUNTA TSUSHIMI, ARINA TANEMURA,
BANDAI NAMCO Online

잘못 만들어진 책은 구입하신 곳에서 교환해 드립니다.
문의 : 영업 02) 2071-2072 / 편집 02) 2071-2119

ISBN 979-11-423-0277-0 03830